凶笑面

蓮丈那智フィールドファイルI

北森 鴻

角川文庫
24130

目次

諸星大二郎先生の「妖怪ハンター」に捧ぐ

鬼<ruby>封<rt>ふう</rt></ruby><ruby>会<rt>え</rt></ruby>

鬼<ruby>鬼<rt>き</rt></ruby>
封<ruby>封<rt>ふう</rt></ruby>
会<ruby>会<rt>え</rt></ruby>

1

『東経一三七度三〇分　北緯三四度四〇分の付近の海上に南北五キロメートル　東西一キロメートルほどの小島を仮定する。住民八十名ほどのA集落と七十名ほどのB集落に、このたび民俗調査を試みた。その結果非常に興味深い事実を得ることができた。＊この島には渡来神伝説、および浦島伝説に類する伝承が一切ない。このことについて可能なかぎりの仮説をあげよ』

B4の紙に、あまりにそっけない五行ほどの問題文を見て、クラスのなかにため息ともうめき声ともつかないものが充満した。小さくだが「冗談じゃないぞ」という声さえ、聞こえたようだ。

——無理もないか。

内藤三國《ないとうみくに》は、学生たちを前にして腕を組み、この実に民俗学的テイストと主張に満ちた問題の出題者を思った。二十歳をいくつもすぎてなお、記憶型の知識を勉学のすべてと信じて疑わない一般大学生の目には、この手の問題は珍問奇問にしか見えないことだろう。「フィールドワーク・民俗学各論2」の講義が始まって一年弱、問題の出題者である助教授の蓮丈那智《れんじょうなち》が、繰り返し、

「民俗学とは想像力の学問です。この発想には根拠がないだとか、こうした考えは幼稚だとか考える前に、まず自分の仮説を証明することを考えること。そして証明に必要なのは、一にも二にもフィールドワーク以外にはない」

そう説いても、学生たちの何パーセントが果たして真意を理解できただろうか。ことに男子学生の目は、この年齢不詳の女性民俗学者の一挙一動に釘《くぎ》づけとなり、その講義内容などほとんど頭に入っていなかったに違いない。あるいはこの問題を見た瞬間に、助教授という肩書きにはおよそ似付かわしくない、蓮丈那智の端整な容姿への憧《あこが》れが、憎悪に変換された学生の数も少なくないかもしれない。

なんといっても卒業試験なのである。必修科目ではないから、卒業単位とは関係のない学生も多いことだろう。が、そうでない学生もまた、同数かあるいはそれ以上いる。こんな問題で卒業がチャラになってはたまらないに違いない。

「蓮丈先生は、今日はこられないのですか」

学生の一人が質問をした。

「はい。試験官はぼくが務めます。試験の条件は蓮丈先生が前に通知したとおりです。

あらゆる資料の持ち込み可。なにか問題について質問はありますか」

するど、別の場所から、

「この島は、どこにあるのですか」

「そこに示した緯度、経度の地点です」

「ですから、具体的にどこの県の海域に位置して……」

「あくまで『仮定する』と、書いてあります。これまでフィールドワークの1および2を履修して、学んだ知識を生かして解答してください。以上で質問を打ち切ります」

「そんな！」

——酷《むご》い気もするが……。

記憶型の知識を勉学のすべてと信じて疑わない学生といったが、なかにはそうでない学生もいる。いわゆる理系思考のできる学生だが、そうした学生はまた、えてして方法論の確立をひどく重要視する。現象に対しても、思考に対しても明確な方法論のなかでしか自由度をもてないのである。

そこに、那智の提唱する民俗学との齟齬《そご》が生じる。

そもそも民俗学には決まった形が存在しない。イギリスで《フォークロア》という言葉が使われるようになったのでさえ十九世紀からであるし、日本においては《郷土研究》の名前において、大正二年に学問としての体系化が始まったにすぎない。以後、南方熊楠《みなかたくまぐす》、柳田国男《やなぎたくにお》、折口信夫《おりくちしのぶ》といった巨人が出現したものの、民俗学の学問体系が確立されたとは、決していいがたい。むしろ《南方《みなかた》民俗学》《柳田民俗学》《折口民俗学》という名称が定着していることが示すように、研究のアプローチも方法論も、学者によってまるで違うのが現状だ。現在、ざっとあげるだけで《都市民俗学》《宗教民俗学》《伝承民俗学》《環境民俗学》《道具の民俗学（さらにこのジャンルは、幅が広い）》《性風俗民俗学》など、ほとんど学者の数だけ民俗学が存在しているとの表現さえも過言ではない。思い余ってかどうかは知らないが、民俗学者とはすなわち《民俗学》という混沌《こんとん》の海に形を求める人々の総称ではないかと、暴論を唱えたものもいるほどである。

――ぼくのことだが。

「どうだった」

研究室に戻るなり、机で書き物をしていた女性が、こちらを振り返った。

東敬《とうけい》大学助教授の蓮丈那智である。

短い髪を整髪料できっちりまとめた顔立ちは明らかにモンゴロイドとはかけ離れていて、「精悍《せいかん》な」という言葉を思い起こさせるほどだ。椅子から投げ出された足が、そのまま身長の高さを示す。ただ、眉《まゆ》の薄さと鳶色《とびいろ》がかった瞳《ひとみ》がどこか酷薄なイメージを与える。そこへ、妥協を許さない言動が加わるものだから、人が那智に中性めいたイメージを抱《いだ》くのも仕方のないことかもしれない。

「と、聞くまでもないか」

「採点だけは自分でやってくださいね、先生。ぼくが手伝うと、恨みの矛先の何割かが向けられそうで、恐いです」

「やはり、想像力が徹底的に足りないんだな」

――当たり前だって。

世の中はつくづく不公平にできていると、内藤は思う。神はこの蓮丈那智という女性に、美貌《びぼう》と才能を与えたもうた。が、どちらも受け取ることのできない人間がどれほどいることか。そうした人間が、自分の取り分を蓮丈那智が奪《うば》ったと思い込んでも不思議ではない。那智が同じ研究者からでさえ「異端」と呼ばれ、煙たがられているのは、決して研究方法が特殊であるからだけではないと、内藤は感じている。

内藤三國が蓮丈那智の研究室を手伝いはじめて、もう三年になる。内藤の時の卒業試験の問題は「ラーメンの丼《どんぶり》に浮かぶナルトについて、ガラパゴス式の進化論を、民俗学的見地から構築すると仮定する。この場合の調査方法を、自分の仮説とともに順次列挙せよ」というものであった。

なにをどう答えたのかは、忘れてしまった。

ただ、卒業を控えているというのに就職先が定まらず、本人の呑気《のんき》さを含めて、親からの非難とプレッシャーが相当に厳しくなっているときに、那智から教務部を通じて電話があった。もし就職が決まっていないのであれば、研究室を手伝ってくれないか、と。その申し出に乗ったのである。それ以前に那智と講義以外のかかわりはない。

「どうしてぼくに電話をしたのですか」とたずねると、「試験の答えがユニークで一定のレベルに達していた。それにあんな考え方をする学生が、素直に就職などするはずがないと思っていた。いわゆる異端の考え、だね」と、答えが返ってきたほどだ。もっとも内藤にしてみれば、那智に「異端」と呼ばれることだけは、どうしても納得がゆかないのだが。

百枚あまりの答案用紙にざっと目を通しながら、片手でキーボードを那智は操作する。当然画面は見ていない。技術的なこともさることながら、どうしてこんな器用な真似ができるのか、内藤には、

――この人の脳の構造は永遠に理解できない。

のである。

液晶画面に《きふうえ》と平仮名が並んだ。

「まちがってますよ。《きふね（貴船）》じゃないんですか」

顔をあげた那智の、鳶色がかった目が内藤を真っすぐに見た。こんな時、かならず内藤のなかにざわざわとなにかが波立つ。そうした力を、那智の瞳は秘めている。

「いや、これでいい」

変換キーを押すと《鬼封会《きふうえ》》という文字が浮かび上がった。おかげで内藤は、那智の視線から解放された。そんな単語がコンピュータの日本語変換システム内にあるとは思えないから、ユーザー辞書登録をしているに違いない。

「なんですか」

「面白いビデオが送られてきた。岡山県の山奥に伝わる宗教行事らしい」

無駄な修飾語をほとんど用いることのない那智が「面白い」という言葉を発するときは、すなわち近いうちに現地調査を行なうということでもある。那智がビデオデッキを指差し「内藤君も後で見ておいて」といったことで、それは証明された。

「いつですか」

いつとは、ビデオを見ることではなく、その先の現地調査にいつ出かけるかを問うた言葉であることは至極当然でしかない。

「だれかさんの準備次第」

「大学への届け出もありますし。それよりも年度内の研究予算はもうギリギリですよ」

こうした言葉が、蓮丈那智の行動力に対してなんの拘束力ももたないことはよくわかっていた。それでもいわずにおれないのは、これから踏まなければならない手続きの煩雑さと、それにともなう胃の痛みを何分の一かでも理解してほしいからに他ならない。

——大学に緊急調査の届けを出して、予算を……どこからもち出すか、だが。

内藤は、教務部の狐目《きつねめ》の担当者の顔を思い浮かべ、自分の胃が腹腔《ふっこう》内のどこに位置しているかを、改めて確認した。

「おや」と、蓮丈那智の声が弾んだ。たしかにそう聞こえた。

「面白い学生もいるね」

那智が、一枚の答案用紙を内藤に渡した。

「コーヒーを淹《い》れるけれど」と立ち上がった那智に、

「ぼくはいつものミルクだけで、お願いします」

「どう、面白いだろう」

「まだ読んでいませんよ」

「フィールドワークの基本は……」

「はいはい。素早い調査でしょう」

他の学生が、B４サイズの答案用紙にいかに文字を詰め込むかで四苦八苦しているのに比べ、その学生の答案用紙は、神経質そうな細かい文字が整然と並んでいた。それだけでも注意深く目を通す価値がありそうだ。

論旨《ろんし》は次のとおりである。仮定された島が南北に細長い形をしていること、位置が遠州灘《なだ》付近であることに言及したうえで、
＊この島が現実に存在すると考えると、近世期までは半島の一部であった可能性もある。なんらかの地殻変動で半島のほとんどが水没し、孤立した島となった。渡来神伝説および、異界（異人）との接触を示す浦島伝説に類する伝承がないのはそのためである。
あるいは、
＊なんらかの理由があって、この島で島民の大量虐殺事件があったかもしれない。それが島民の全滅につながるほどの大事件であり、その後為政者によってまったく別の移民による、新しい歴史が作られたとすると、そこから新たな伝承の類《たぐい》が生まれなかった可能性はある。
「なるほど、ユニークですね」

「だろう。架空の島を想定しているのだから、発想は自由にしていいのに、どうしても他の学生の解答はありきたりだ。でも、その学生は」

香りのよいコーヒーのカップを内藤に手渡し、その答案用紙を再び読みはじめた那

智の薄い眉が、「あれ、この学生」との言葉と共に、歪《ゆが》められた。デスクの左端からファイルを取り出し、そこに挿《はさ》んだ書類封筒を出した。

「都築常和《つづきつねかず》……やっぱりそうだ。この学生だよ、鬼封会《きふうえ》のビデオを送ってきたのは」

答案用紙に書かれた学生の名前と、書類封筒に書かれた差出人の名前とが、蓮丈那智の言葉どおり一致していた。

2

それは実に奇妙な祭祀《さいし》だった。

松明《たいまつ》を持ち、鬼の面《めん》を着けた人間が、護摩《ごま》壇《だん》の周囲で踊り狂っている。火の粉が床を焦がし、振り上げられた松明からは無数の木片が飛び散っている。そのなかで数人の行者《ぎょうじゃ》が本尊である吉祥天《きっしょうてん》像に向かって、祈りを捧《ささ》げている。

――これは五体投地《ごたいとうち》に似ているな。

像の周囲を一定のリズムと間隔をとって走り回り、順番に像に向かって俯《うつぶ》せるようなポーズをとっている。ちょうど行者の行《ぎょう》を、鬼が邪魔をしているようだ。

これだけならば、東大寺の《修二会《しゅにえ》》で知られる祭祀が、変形したものであると仮定できる。

修二会、あるいは修正会《しゆしようえ》と呼ばれる祭祀の起源をさかのぼると、八世紀にまでたどることができる。修二会は東大寺の文献によると七五二年、二月堂で十一面悔過会《けかえ》を行なったのが最初であるといわれる。一方、修正会《しゆしようえ》は『続日本紀《しよくにほんぎ》』に七六七年正月八日、「勅《みことのり》すらく、畿内七道諸国《きないしちどうしよこく》、十七日の間、各々国分金光明寺《おのおのこくぶんこんこうみようじ》に於《お》いて、吉祥天悔過《けか》の法を行へ、この功徳《くどく》に因《よ》りて、天下太平、風雨順次、五穀成熟、兆民快楽《ちようみんかいらく》、十方《じつぽう》の有情《うじよう》同じく此《こ》の福にうるほはん」とあるのが最古の記録である。《悔過《けか》》には、前の年の汚《けが》れを払う、の意味がある。罪汚れを懺悔《ざんげ》し、その滅罪《めつざい》のために吉祥天像に向かって五体投地を繰り返すなどの行を続けるのである。いずれも法要という仏教の行事であると同時に、日本に古《いにしえ》より伝わる《ハレ・ケ・ケガレ》の思想をも内に含んだ、非常に特殊な祭祀であるといえる。十四日間にわたって行なわれる東大寺・修二会には、《韃靼《だつたん》の行法《ぎようほう》》と呼ばれる行事があり、これは大陸系北方塞外《さいがい》民族に伝わる火祭りを模したという説まであるほどだ。

ビデオのなかで、鬼の踊りがいよいよ激しくなった。スピードではない。動きの振幅である。膝《ひざ》を曲げ、大地に伏したかと思えば天に向かって不遜《ふそん》を露《あら》わにしたかの如くに指を突き上げる。両手を広げて、この世に満ちる幸福のすべてを奪おうとする。人々の目に浮かんだ悲しみと苦しみを糧《かて》として、鬼は跳梁跋扈《ちようりようばつこ》する。

「ここからが問題なんだ」

と、那智の声も緊張している。内藤はビデオがはじまる前にコピーしておいた書物の一部に赤ペンでチェックをしながら、画面に集中しようとした。

いよいよ法要はクライマックスを迎える。その証拠に護法の化身である毘沙門天《びしやもんてん》が現われ、鬼の後を追いかけはじめたのである。毘沙門天が、手にした矛を鬼に向かって突き出すと、鬼はその場に倒れる。

「そんな馬鹿な!」と、内藤は自分の口から漏れた声の大きさに、驚いた。

「面白いだろう」

「ええ。こんな祭祀があるなんて」

毘沙門天が鬼に向かって屈《かが》みこむと、鬼の面を奪って、頭上高くに突き上げたのである。ビデオはそこで終わっていた。

修二会《しゆにえ》、修正会《しゆしようえ》に類する祭祀は日本の各地に伝わっている。それぞれ、地方に即した形に変形されていて、なかでも有名なのは大分県に伝わる《修正鬼会《しゆしようおにえ》》であろう。しかし現在、民俗学者の五来重《ごらいしげる》によって、これら変形にもパターンがあることがわかっている。五来は祭祀の内容をそれぞれ《参籠型《さんろう》》《鏡餅型《かがみもち》》《造花型》《香水型《こうずい》》《悔過型《けか》》《乱声型《らんじよう》》《鬼走型《おにはしり》》といった十六のパーツに分類し、その組合せによって各地の行事の形が決まっているとする。

だが、この鬼封会《きふうえ》と名づけられた祭祀のビデオには、その十六のパーツに当てはめることのできない十七番目の要素が映っているのである。最後のシーンで、毘沙門天が倒れた鬼から面を奪ったのは、明らかに「鬼の首を取った」ことを意味するものだろう。

「だから鬼封会ですか」

「うん。ただ気になるんだな。以前から感じていたわたしのなかの鬼のイメージと、この鬼封会に描かれた鬼のイメージは隔たりがあるようだ」

「鬼の解釈については、それこそ事典ができるほど諸説紛々《ふんぷん》ですから。それにしても、これは、調査をする価値がありますね」

「だったら、早く教務部にいって手続きを済ませてくるんだ。わたしはこの都築という学生に連絡を取ってみる。ただ、あまりお付き合いしたくない人種かもしれないね」

「またそんなことを」

那智の言葉に、内藤は反応した。こうしたことを蓮丈那智という学者は平気で口にすることができる。学者の世界観がどのようなものであるかは知らないが、少なくとも人間関係は平穏に維持しておいたほうがよいに違いない。そういったことに関して那智はまったく無頓着《むとんちゃく》であるし、だいたい気を遣って言葉を選ぶといったことができないのである。その日本人離れした容貌《ようぼう》と「那智」という名前が、さまざまな場所で彼女のイメージを歪めていることにも、本人は気がついていないようだ。

——もっとも、気がついたところでそれを直すような人ではないか。

「見てごらん、この手紙」

どうやらビデオに同封されていたものらしい。あの答案用紙と同じ神経質そうな文字で、撮影場所を含めたデータとともに、

『この映像は、わたしの実家がある岡山県K市にある旧家、青月葉蔵《あおつきようぞう》氏の家で正月七日に撮影したものです。非常にめずらしい祭祀であると感じたので、先生に送らせていただきます。

わたしは博物館の学芸員をめざしています。今年の試験は失敗しましたが、来年こそはかならず就職するつもりです。もし、先生の研究にビデオが役に立ったなら、来年の試験の際にどこかの博物館へ推薦していただけないでしょうか。なお、論文作成の際のわたしのクレジットは「撮影者」ではなく「共同研究者」にしていただければ幸いです』

という一文が書き添えられていた。

「あ、これはとっても性格が悪そうですね」

「なにせ、島民の虐殺説を唱えるほどだから」

「それに、いまどき学芸員の空きがあると思っているところに、浅はかさが見える」

公立施設の学芸員（美術館、博物館に勤務する専門職）は、公務員の特別職である場合が多い。しかもその定員はあまりに少なく、就職希望者は反比例して膨大である。ほとんど宝くじに当たるのを待つようだと、今年試験を受けた学生がぼやくのを、内藤は耳にしたことがある。また、学芸員というポジションそのものを、土建事務方官僚の天下り先としか考えていない地方自治体も少なくなく、陶器と磁器の区別もつかないような人間が配属されることも多々ある。

バブル景気の時には、民間の博物館、美術館が盛んに建設された。学芸員にとっても幸せなバブル期であったが、経済効果同様、長くは続かなかった。いまでは閉鎖寸前に追い込まれた館も数多くある。

「それに人を見る目もない。蓮丈那智という人が、学界で異端扱いされていることを知らないなんて」

といった内藤は本人の真っすぐな視線を受け、続く言葉と笑い声を失った。

大学が春休みになるのを待って、内藤は那智と連れだって岡山へと出かけた。まず地元の役場をたずね、都築常和が《鬼封会》を撮影した青月家に関する周辺情況を確認する。口伝《くでん》による調査を重要視する柳田民俗学の徒《と》は、こうした文献調査を否定しがちだが、那智いわく、

「そういう柳田国男自身が、実は文献を実にうまく使って論文を仕上げている」

なのだそうだ。役場で面倒な手続きを取る必要はなかった。「青月」の名前を出しただけで、生真面目そうな職員がすぐに反応を示してくれたからだ。大学で民俗学を研究しているものであることを告げ、鬼封会の話をするに及んで、職員の警戒心は完全に解けたらしい。周辺地図を取り出したうえで、この町の簡単な歴史と、地形関連の情報をもたらしてくれた。

「それから青月さんの家なら、この役場を出て頭をぐるっと三六〇度回してみるんじゃ。目に入ったいちばん大きな家が、青月さんとこじゃけ」

そう教えてくれながらも、役場の職員の目は、ずっと蓮丈那智の全身に注がれていたようだ。名刺に刷りこまれた助教授という役職名と那智本人を何度も見比べ、「はあ、学者さんですか」といったのが、内藤にはおかしかった。

市内のホテルにチェックインしたのが午後三時。事前に青月家には連絡を入れてあって、翌日には当主の青月葉蔵氏から話を聞く手筈《てはず》になっていた。

「だが、あまり収穫は期待しないほうがいいかもしれないね」

「電話口でも、どうして《鬼封会》が珍しいのか、理解してもらったとは思えませんからねえ」

二人は、隣接する市にある県立図書館に出かけた。民間による資料の保存には限界がある。多くの場合、旧家の資料は県立図書館の文書館に寄託されていることが多いからだ。

「青月家ですか、すぐに資料を検索してみましょう」

図書館司書の対応は迅速であった。別に那智の美貌《びぼう》に圧倒されたわけではない。こうした調査の時に、大学の助教授という肩書きがものをいう。内藤ひとりで出かけても、ただの研究室職員では相手のガードは鉄壁《てっぺき》で相手にされないことすらある。たった一枚の名刺で態度を簡単に翻《ひるがえ》す図書館職員には遣《や》り切れないものを感じるが、最近、ようやくそれも仕方がないと思えるようになった。

「これ、結構ポイントになるかもしれない」

那智が、一冊の資料を示した。和綴《わと》じの表紙に、読みにくい草書体の文字が並んでいる。

「なんですか。東堂家家録ですか。ははあ、東堂という家に長く仕えた人物の日記ですね」

「東堂家は青月家の近くにあったみたいだね。ほら、明治十八年のところ」

日記に書き手の名前はない。が、どうやら明治維新の動乱を、東堂という家に仕えながらこの人物はずっと傍観していたらしい。書き手が気にするのは主家の出来事であり、同じ村の出来事である。それによると、明治十八年、村にあった寺が暴徒によって破壊され、それにともなって「初春の事、寺より青月家に委譲《いじょう》されり」とある。

「初春の事、とは鬼封会《きふうえ》ですかね」

「断定はできないけれど、かなりいいところは突いていると思う」

「明治十八年ですか。とすると、廃仏毀釈《はいぶつきしゃく》運動がからんでいるんでしょうか」

「暴徒によって寺が破壊された、とすると可能性は大きいな」

大政奉還が行なわれた翌年、明治政府は神仏分離令《しんぶつぶんりれい》を発令する。それまでの神仏習《しんぶつしゅう》合《ごう》の信仰形態をよしとせず、政府の理想でもある祭政《さいせい》一致、神祇官《じんぎかん》の再興を目的として、仏教と神道《しんとう》との完全分離を目指したのである。結果として、明治の一時期、仏教は徹底的に弾圧を受けることになる。現存してさえいれば国宝クラスの仏教美術品が瓦礫《がれき》同然に破壊され、多くの仏教徒が受難の時代を過ごしたのである。

「でも、行事が委譲されたというのも、おかしな話ですね」

「例がないわけじゃない。本来は寺が行なってきた法会《ほうえ》が、正月行事としていつのまにか神社によって行なわれる、いわゆる勤行《ごんぎょう》などの『オコナヒ』になることはいくつかの調査例がある。ただ、個人に委《ゆだ》ねられたという例は……」

那智が、キュッと眉根《まゆね》を吊《つ》り上《あ》げた。本人が意識しているかどうかはわからないが、その表情ひとつで周囲の雰囲気を変えることができる。老若男女の区別なく、もの狂おしい気持ちにさせるのである。

「それに明治十八年というのも、少し引っかかりますね」

「いいところを突くじゃないか」

廃仏毀釈《はいぶつきしやく》運動の嵐は、たしかに全国に及んだ。しかしその反動の波もまた、やってきたのである。岡倉天心《おかくらてんしん》、フェノロサらを中心とした日本文化見直しの運動がまもなく興《おこ》された。その運動の一部に、仏教美術の再評価と保護が含まれていたのだ。

「運動の嵐の結果、明治十八年には設立準備が開始され、岡倉天心が東京美術学校を開校したのは明治二十二年でしたね」

その以前から、すでに岡倉天心らの運動の波は、あったはずである。

「ただ、中央から地方への文化の伝播《でんぱ》にはかなり差があるから」

那智の口調が、どこか投げ遣りなのは、まったく別のことを考えているからに違いなかった。

「たぶん、この調査のポイントは《鬼》だと思うな。《鬼封会《きふうえ》》という名称からして、祭祀《さいし》の中心に鬼がいることはたしかだろう。ただ……修二会《しゆにえ》、修正会《しゆしようえ》に類《るい》する祭祀に登場する鬼とは根本的に存在価値が違うのかもしれない」

「わかりませんね」

那智の思考についていけない自分が、情けなかった。

「だって、地方に伝播した場合でも、やはり鬼は調伏《ちょうぶく》される対象でしょう。国東《くにさき》半島に残る修正鬼会《しゅじょうおにえ》だって、ある寺では、鬼は最終的に仏前に引き据えられ、鎮めの法要が営まれているわけですし」

同様に、奈良の薬師寺《やくしじ》に伝えられる修二会（花会式《はなえしき》）でも、法要の最中に登場する鬼は暴れたいだけ暴れて、毘沙門天によって追われることになる。事前に調べておいた資料を見ながら、

「鬼封会は、この薬師寺の修二会に一番近い形をもっていますね」

と聞いてみた。

「でも、薬師寺の修二会では鬼を殺すことはない。まして首を取るなんてことはしないよ」

「ですが、仏教の観点から考えても、鬼は凶事の象徴でしょう」

那智の目が、糸のように細められ、そして笑った。こんな時、蓮丈那智という民俗学者の頭のなかでは常人には計りしれない思考が錯綜《さくそう》している。それを本人が楽しんでいるのである。

「破壊された寺の由緒来歴《ゆいしょらいれき》は、調べられるかな」

「そうですね、どこの宗派であったかさえわかれば、本山《ほんざん》の宗務《しゅうむ》担当にあたることができると思いますが」

「じゃあ、お願い」

「なにを考えています？」

「前から修二会《しゅにえ》にはある要素が含まれていると思っていたんだ」

「だから」

「鬼のシンクレティズム、あるいは《点》の介入」

3

――シンクレティズム。

人が外来の要素を取捨選択し、社会環境やオリジナルの文化に沿った形で変形させ、自分のフィールドに取り込んでゆく作業のことである。それをふまえて那智は「鬼のシンクレティズム」と表現したのである。《点》の介入とは日頃、蓮丈那智が提唱している「歴史と民俗学には認識差がある。歴史学は点を、民俗学は面の解明をめざす」に依《よ》る。人の一生を思い浮かべてみるとよい。日々の生活は《面》であり、そこで起こる事件は《点》である。面と点とは常に一体で、切り離すことはできないが、同時に論じることもできない。歴史学が民俗学のサポートを忘れると単なる受験用の年表および歴史単語帳になってしまうし、民俗学分野の現象はさまざまな部分で歴史上の事件の影響を受けずにいることはできない。

――それにしても、あの人の頭のなかではどんな仮説が構築されているのだろう？

図書館の文書館に残って内藤三國は考えつづけた。謎掛けのような言葉を残して、那智は一人で出かけてしまった。行く先も告げずにである。

「では午後七時に青月家の門の前で」

那智の立ち去る背中は、なにやら歌舞伎の役者のようで潔いほどだ。本人によると「答えの匂いを求めて」勘のおもむくままに周辺を歩いてみるのだそうだ。意識の糸を手放さないかぎり、いつか答えは自《おの》ら《ずか》降りてくるというが、少なくとも内藤にはそんなに都合のよい経験はない。那智の無意識下では方法論として確立されていても、本人でさえそれを言葉にできずにいるのかもしれない。

内藤はいくつかの地方資料に目を通し、そこから抜き書きした住所と電話番号を元に、明治十八年に破壊された寺についての、詳しい情報を集めようとした。が、真言密教系の寺であること以外は、ほとんど歴史から抹消された寺であることしかわからなかった。

――まてよ、たしか……。

都築常和が送ってきたビデオに、吉祥天《きつしようてん》像が映っていたことを思い出した。消滅した寺から祭祀が委譲されたとすると、本尊そのものが残されている可能性は少ないにせよ、その様式が伝えられた可能性は高い。時計を見て、那智との約束の時刻までにはまだ数時間あることを確かめて内藤は、ホテルに戻った。

ロビーには那智が待っていた。「どうしたんですか」と言葉をかける前に、内藤は蓮丈那智の表情の変化に気がついた。

「どうもうまくないことが起きたみたいだ」

「うまくないこと?」

「それもふたつ」と、那智が指を二本、差し出した。

「たとえば、青月家が調査協力を断ってきた、とか」

どうしてそんなことを思いついたのかはわからない。民俗調査ではよくある話だが、それ以上に那智の表情からごく自然に導きだされた。

「いい勘をしているね。民俗学者には勘のよさも必要条件だ」

「青月家の当主は協力を約束していたのでしょう。それがどうして、今になって……」

「世の中には信じられない偶然が起こり得るものだ」

この人の唇から「偶然」などという言葉が出たことが、内藤には奇妙に感じられた。そもそも民俗学とは、偶然で片付けてよい事象に対して論理の道筋をつける学問ではないのか。内藤の考えが伝わったのか、

「すまない。学者が不用意に出してよい言葉ではなかった」

那智が言い訳をする。

「で、偶然の正体はなんですか」

「都築常和が殺害されたそうだ」

言葉は意味をもつ以上に、ある種の呪術《じゅじゅつ》的パワーをもち得ることがある。その場にふさわしくなければないほど、パワーは増幅される。抽象《ちゅうしょう》的な物言いではない証拠に、婚礼の式場で決して口にしてはならない禁句を大声で叫ぶ場面を想定すればよい。その場に満ちる顰蹙《ひんしゅく》の空気は、明らかにマイナスの力をもっている。同じように、研究者である二人の間に「殺害」という言葉ほど似付かわしくないものはない。

「どうして、また」

「詳しいことはまだわかっていないそうだ。先ほど、警察から電話があった」

「ああ、ぼくと先生とでなんどか彼のアパートに電話をしていますからね」

実地調査の前に、都築常和からなんらかの話を聞いてみたかったのだが、あいにくと彼はいつも不在だった。しかたなしに留守番電話にメッセージを残しておいたのである。

「部屋を捜索した警察が、話を聞きたいと、連絡をよこしてきた」

「それは一向にかまいませんが……まさかそんなことくらいで青月家が協力を断って

きたというのですか」

話の不自然さに、内藤は首を傾げた。

「そうじゃない。話はもっと複雑で、だからこその偶然なんだ」

「先生、隠し球はやめにしましょうよ。ぼくには話が見えない」

「つまり都築常和が殺され、それを行なったのが青月家の長女の、青月美恵子《みえこ》であるということ」

話の道筋ははっきりとした。二人で現地調査をするどころの騒ぎでないこともわかった。けれど、どうしてそんなことになったのか、内藤に理解することなどできるはずがなかった。


東京に戻ってまもなくの火曜日、飾りものがなにもない警察署の会議室で、内藤は蓮丈那智とともに警察官から事情を聴取された。

見るからに薄い茶をすすめながら、警察官がまず話を切り出した。

「ご存じでしたか。どうやら都築という男性は、ひとりの女性を一年以上にわたって追いかけ回していたようなのですよ」

「それって、ストーカーという奴ですか。もしかしたら今回の被害者が、今事件の加害者とか」

「ええ、そうです。都築は宅配便の配達員を装って、青月美恵子の部屋に押し入ったそうです」

「そこで争いになった？」

那智が口を挟むと、警察官は待っていたといわんばかりの表情で、急に饒舌《じょうぜつ》になった。

「まあ、邪《よこしま》な考えをもっていたんでしょう。青月美恵子に襲いかかったまではよかったが、近くにあった果物ナイフで、腹を刺されました。先生は都築常和とは親しかったのでしょう。そんな兆候はあったのですか」

「親しいもなにも、わたしたちは講義以外の場所で、彼に会ったことはありませんよ」

那智の言葉を受けて内藤は、都築が送ってきたビデオのことを話した。なにをどう勘違いしたのか「彼がビデオを送ってきたのです」といった途端に、警察官は目の輝きを増したが、その内容が民俗学上の学説にいたると、かわいそうなほどに失望の色をあらわにした。ただ、

「一緒に送られてきた手紙を読んでいただければ、個性がかなり強いことがおわかりになるでしょう」

差し出した手紙を読み終わると、

「ずいぶんと自己中心的な男のようだ」

「だからといって、ストーカーになるでしょうか」

「ストーカーは根本的に自己中心主義者です。だって自分の愛を相手が受け入れてくれないことが許せなかったり、信じられなかったりするから追いかけるのですから」

「そうですねえ」

「わたしどもの調べでは、都築常和はこの一年間に三回住所を変えています。同じく青月美恵子もまた三回の引っ越しを行なっている。この意味がわかりますね」

「彼女を追っかけたのですか」と那智。警察官が大袈裟《おおげさ》にうなずいて、

「ひどいときには青月美恵子がアパートの契約をしたその日のうちに、都築もまた近くのアパートを契約しています。遅くとも一週間以内には、かならず青月美恵子の引っ越し先を突き止めて……」

那智に同意を求めるように、警察官は言葉を切った。

「それはたまりませんね」

「よほど執念深く追いかけたのでしょうなあ。事件当夜も、青月美恵子の部屋で、二人がひどく言い争いをしているのを、隣人が聞いています。『どうしてわかってくれないんだ』みたいな内容の男の声だったそうです。その直後に美恵子本人から警察に連絡があったのですよ、人を刺してしまったと」

警察官の言葉を聞くかぎり、青月美恵子の正当防衛はほぼ確実の様子であった。言葉の調子からいって、青月美恵子のあとを追いかけるように住所まで変えた都築のストーカーぶりが、被害者への心証を絶対的に悪くしているらしい。最後には、ため息《いき》交じりに、

「わたしもひとり、娘がいますがねえ。こんな奴に付け回されてることを知ったら、果たして理性を保てるかどうか」

とまで口にしたほどだ。那智が、都築の引っ越しの詳細をたずねると、警察官はなんの躊躇《ちゅうちょ》もなく、引っ越しの時期と場所とを教えてくれた。内藤はそれをこっそりとメモする。

警察署を出て、すぐに学生部に電話すると、都築の住所変更届がこの一年間に、やはり三回出されていることがわかった。その姿を見てなにを感じるのか、

「好奇心は学問の肥やし」

とだけ蓮丈那智はいった。

――ぼくが事件に興味をもったことを見抜いたうえで、それを肯定しているのか？

大学はまもなく新学期を迎える。新しいカリキュラムの準備をはじめとして、四月までにやらなければならないことは、山ほどある。とてもではないが、脇道に逸《そ》れてどうしても気になる点を優先させるゆとりはない。

「いいんですか」と念を押すと、

「気に掛かっているのは、きみひとりじゃない。ただし調査期間は一週間」

「あっ、先生、もしかしたら」

内藤は、瞬時に那智の意図を知った。

——そうだ。彼女の性格を考えたら、こうなるのは当然じゃないか。

蓮丈那智という人は、自分の調査を妨げるものを決して許さない。たとえそれが古くから伝わる因習の鎖であっても、平気で引きちぎることのできる女性である。だからこそ民俗学者という彼女の肩書きの前には必ずといってよいほど、

——密《ひそ》やかにではあるが——

「異端の」という言葉が冠《かん》されるのである。

「岡山にひとりでいくつもりですね。もしかしたら先生、ビデオに映っていた吉祥天の像に興味をもったのではありませんか」

那智の赤い花びらのような唇が、たしかに笑った。

「馬鹿。興味じゃない、確信だよ。鬼のシンクレティズムも《点》の介入も、すべてはあの吉祥天の像にかかっている」

——……？

その言葉の意味の半分は、内藤にも理解できる。だが那智の笑みは、もっと別の計

りしれない要素があることを示している。

三日後。

内藤は都築常和の部屋を訪れた。「正和ハイム」という名前からアパートを想像していたが、予想を裏切って、学生が住むには立派すぎるほどのマンションである。

管理人室をたずね、大学の関係者であることを告げると、管理人の初老の男は、露骨にいやな顔をして「都築さんの荷物はすべてご両親が始末されましたよ」といった。その後はなにをたずねても「あたしはなにも知らない」の一点張りである。しまいには、

「そんなことをつつきまわして、このマンションの評判を落とすつもりか」

と大声をあげはじめたので早々に退散することにした。

——彼が引っ越してきたのが、昨年末。なにも知らなくて当然か。

ここにきたことに、さしたる理由があったわけではない。那智の言葉を借りるならば、勘に従ったまでだ。しいて引っかかるものをあげるならば住所である。東敬《とうけい》大学は狛江《こまえ》市に存在する。「正和ハイム」は荒川区町屋にある。荒川区からでは通学に随分と不便なように思えた。

——いや、違う。そんな問題ではなくて。

内藤は、自分の胸のうちに広がる波紋の根本《こんぽん》をつかみかねていた。なにかが引っかかるのである。いくら通学に不便だからといって、彼の目的が青月美恵子を追いかけることにあったとすれば、また違った意味がある。メモを取り出して、警察官の話の内容を確認した。

都築常和が町田市に引っ越しをしたのは昨年の三月のことである。その六日前、八王子の専門学校へ通うために青月美恵子が上京して、やはり町田にマンションを借りている。

次の引っ越しは六月で、場所は代々木である。都築が不動産屋で契約を済ませる三日前に、青月美恵子が代々木のマンションの賃貸契約を済ませている。

——そして、この町屋か。

内藤はきびすを返して、管理人室をめざした。

「すみません」

「なんだ。またあんたか！」

「たったひとつだけでいいんです。教えてくれませんか。都築常和君は、表札を出していましたか」

そんなことを聞いてどうするといいたげに、管理人は「出してなかったよ」と、吐き捨てるようにいった。

4

鬼についての民俗学的考察は、多い。それだけ、鬼という存在が日本人の精神の奥深いところに根を張っているということでもある。「鬼」という文字そのものは中国大陸から、仏教と共に渡来したものだろう。牛頭鬼《ごずき》、馬頭鬼《めずき》、羅刹鬼《らせつき》といった言葉に代表されるように、鬼は地獄絵図のイメージを代表する存在であった。そこに「ONI」の発音を当てはめたところに、日本古来の精神史との混合がある。那智のいう鬼のシンクレティズムである。

「青月美恵子にとって、どこまでも自分を追いかける都築常和は、鬼のように思えただろうか」

近くの公園で煙草を吸いながら、内藤はつぶやいた。

「ONI」が「ON（隠）」という音の転用であると考えることはできる。すなわち鬼とは目に見えないものである。それは死霊と同じものであって「もの」もしくは「もののけ」と同質と考えることができる。事実、『日本書紀』において鬼を、「もの」「かみ」と読ませている部分があるほどだ。

――時に死霊と同じものであり、もののけであり、神と呼ばれるものでさえある。

とすると、日本人の精神世界のなかで「鬼」は、これらの中間的な存在であると考えることができる。少なくとも、仏教世界がオリジナルにもっていた鬼のイメージとはいささか異なる部分がある。もともと原始仏教は「帰依《きえ》」という形で土着の神をつぎつぎと吸収して、大きくなった一面をもっているため、こうした要素がついて回る。悟りを至上の目的とするこの宗教は、極論（曲論）をいうと、別の宗教を信じることさえ、突き詰めればそれが仏教の悟りなのであるという、すさまじい包容力をもっている。したがって日本に渡来してきた仏教は、土着の信仰や神と容易に同化することが当然の道だったのだろう。

「そうか、それが修二会《しゅにえ》の本質か」

その時、携帯電話の呼び出し音が、内ポケットで鳴り響いた。

なにかの予感が、脳内で弾《はじ》けた。

「はい、内藤です」

「蓮丈です。どう、探偵趣味を満足させる結果を得られたかい」

「まだ、約束の期限には四日もありますが」

「でも、きみの声はすでに仮説を立て終えているように聞こえるけれど」

——かなわないな。この人には。

「先生のほうはどうです。青月家への接触はうまくいっていますか」

「青月葉蔵氏が親切な人で、助かった。どうやら彼は入り婿で、なにかと肩身が狭い思いをしているらしい。都築君のことがあるから、同じ大学の関係者では嫌がられるかとも思ったけれど、今日も朝から吉祥天《きっしょうてん》の像を見せてくれたし、これから先もいつでも調査に協力してくれるそうだ。もちろん、ビデオを都築君が送ってきたことは内密にしてあるからだけど」

「へえ。ぼくはてっきり秘仏のたぐいかと思いましたが」

「実際はそうみたいだ。鬼封会《きふうえ》も公開はしていないそうだから」

「格段の待遇ですね」

「いっただろう、彼は入り婿だって。だれかに頼りにされるのが無性に嬉《うれ》しいみたいだ」

それは相手があなたですから、との言葉を内藤はのみこんだ。

「あすの夜、もう一度青月家にいこうと思う、で」

言葉の続きを聞く前に、先程の予感はこのことであったかと内藤は思った。青月美恵子は、昨年高校を卒業したばかりでまだ未成年のはずである。しかも事件の状況が、彼女の正当防衛に傾いていることを考えると、親の保護下にあることは十分に考えられた。

「帰っているんですね、青月美恵子が。すぐにそちらに向かいます。どうしても彼女に確かめたいことがあるんです」

「だと思った。では今夜ホテルで落ち合うことにしよう」

すぐに大学に戻り、必要な資料をバッグに詰めて、羽田に向かった。那智の研究室にいれば、こうしたことは日常茶飯事である。常に旅行用の最低装備は、研究室に置いてある。それをもって、研究者らしくなったと表するべきか、順応しすぎであると断ずるべきか、判断する言葉を内藤はまだもっていない。


その翌日。

内藤は那智と共に青月家を訪れた。青月美恵子に話を聞くことが目的であるが、名目はあくまでも鬼封会に関する民俗調査である。いかにも気の弱そうな、そして人の好《よ》さそうな当主の葉蔵が、精一杯の威厳を取り繕って、

「こんな古いだけが取り柄の家に伝わる行事が、大学の先生の研究になるんですなあ」

などとしきりに感心している。が、視線がともすれば那智の挙動に釘《くぎ》づけになっていることは明らかである。もっとも、蓮丈那智という女性学者は、人に媚《こ》びることもしなければ、自分の容姿を武器にしようという小賢《こざか》しさももち合わせてはいない。やがてまるで隙がないことを知ると、青月葉蔵は「ごゆっくり」と声をかけて、鬼封会

の行なわれる部屋から離れていった。

板の間に小型のビデオとモニターをセッティングしたときだ。背中に怯《おび》えるような視線を感じて、内藤は入り口を振り返った。そこに、いかにも精神のバランスを欠いたような、ことに視線にそれと深く感じさせる少女が立っていた。だが、少女というには、肉体は完全に大人だと感じさせる。

「お邪魔しています。青月美恵子さんですか」

声をかけると、一瞬、泣きそうな表情になって、「はい」と応《こた》えが返ってきた。すぐにでも逃げ出したいのに、それができずに目の前で行なわれていることに釘づけになっているようにも見えた。なにか声をかけようと思うのだが、どの言葉も彼女にはふさわしくないようで、結局沈黙とためらいだけが、その場に澱《よど》む結果となった。

ビデオに超小型の外部CCDカメラを取り付けた。これで、吉祥天の背後を調査するのである。那智が、

「全体を見てどう思う」

「びっくりしました。仏像は詳しくないのですが、とても明治以降の新しい仏像には見えませんね」

「台座の形や、そのほか細部を見ると、たぶん平安の末期か鎌倉の初期」

「そんな！　修二会の原始形態に近い時代じゃないですか」

「すると、どんな結論が生まれる？」

「つまり、これは明治十八年に破壊された寺の、本尊でしょうか」

「そんなことがありうると思う？」

「まあ、可能性がまったくないわけではないでしょう」

「そう、あくまでも可能性は、ね」

廃仏毀釈《きしやく》運動で、誤解されやすいのは、仏教美術の破壊の一面が強調されすぎることである。たしかに多くの寺院が破壊され、仏像が消えた。しかしこの運動の基本は、仏教精神そのものの破壊である。

寺にとってもっとも大切なのは、縁起《えんき》と本尊だ。本尊は信仰の要《かなめ》である。果たして片方のみを破壊し、片方は見逃すということがあり得るものなのか。明治十八年に破壊され、縁起そのものを抹殺されたうえで、《鬼封会》を青月家に委譲した幻の寺の、声にならない声がそこに隠されているようだ。

「ですが、いち早く破壊の気配を察した寺の関係者が、本尊を疎開させたことも考えられますね」

「もちろん。歴史の選択肢はひとつではない。無数の選択肢のなかからどの道が選ばれたか、史実が抹殺された以上、現代に生きる我々はあらゆる状況証拠からそれを摑《つか》む以外にない」

歴史は、実は多くのことを包み隠す存在でもある。史書でさえも、ときの権力者の手によって簡単に書き替えられることは、周知の事実である。そして蓮丈那智がいいたいことも、内藤にははっきりと理解できた。この異端の民俗学者は、《鬼封会》にこそ、抹消された歴史の真実が隠されていると確信している。

別の言葉が、内藤のなかをよぎった。

「やっぱりそうだ。鎌倉期に仏像が作られたことが、はっきりと彫り込まれている」

小型カメラを操作しながらモニターを見る那智の声が、ひどく遠いものに思えた。

「美恵子さん」と、今もこちらに硬い視線を送る人物に対して、そちらを見ることなく、内藤は話しはじめた。

「はい」

「鬼封会については、どれくらいのことをご存じですか」

足音がこちらに近づく。

「いえ、あまり。小さな頃からお正月の行事で、一族の者だけがそれに参加することを許されることくらいしか」

那智が小型カメラの接続を外し、別のテープを用意した。

「ちょうどいい機会です。あなたにもわたしたちの立てた仮説をご説明しましょう」

穏やかながら、拒否を許さない口調で那智がいう。その声に促されるように、美恵子が、内藤の横に座った。やがてモニターにビデオの映像が映った。都築が撮影したものかと思ったが、それは別の祭祀《さいし》の様子を撮ったものだ。撮影のテクニックから、素人《しろうと》が撮影したものではないことは明らかだった。

「これは、奈良薬師寺《やくしじ》の修二会《しゅにえ》を撮影したものです。別名を花会式《はなえしき》ともいいます」

映像はちょうど行《ぎょう》のあいだ、鬼が祭壇《さいだん》の周囲を暴れ回るシーンである。その映像を食い入るように見つめる美恵子の瞳《ひとみ》に、なにか空恐《そらおそ》ろしいものを感じて、内藤は背筋を寒くした。

「ご当家に伝わる鬼封会と、同じ性質をもつ行事ですが、ふたつの間に絶対的に違う部分があることが、わかりますか」

美恵子が、首を横に振った。

「画面の鬼は、どのように見えますか」

シーンは、毘沙門天《びしゃもんてん》が登場したところである。

「ええっと。行事を邪魔しようとする鬼を、毘沙門天が追いかけ回しているように見えます」

「そう考えると、鬼封会とまったく同じ性質のようですね」

「違うのですか」

二人の会話に、内藤は割って入った。

「鬼という存在を別のものと考えてみてください。純粋な仏教の考え方では、鬼は悪のイメージの象徴です。けれど鬼が死者を意味する中国から日本に伝わり、独自の宗教観と結びつくことで、別の存在となります。時に死霊であり、目に見えないものの けであり、また神と呼ばれることさえあります。つまりこの修二会に登場する鬼は千年以上前の認識同様、これらの中間的な存在なのですよ」

その解説を聞いた蓮丈那智が「へえ」と声を上げるのを耳の隅で聞きながら内藤は続けた。

「ある学者が《霊魂昇華説《れいこんしょうかせつ》》というのを唱えています。死者の霊はまず、生者に仇《あだ》なす荒魂《あらみたま》となります。つまりもののけですね。それが子孫の供養によってあらぶる魂の部分が次第に和らぎ、つぎに和魂《にぎみたま》となるのです。これが祖霊《それい》(先祖の霊)と呼ばれるものです。さらに祖霊はレベルをあげ、神の領域に入るのです。わかりますか、美恵子さん」

「つまり、修二会の鬼は、先祖の霊であると」

「そうです。まだ神の領域には完全に達していませんから、時に暴れもします。悪《あ》しき行ないを為《な》す子孫には、時に祟《たた》りの名称で罰を下すかもしれません。けれど善なる子孫に対しては、それなりの恩寵《おんちょう》も与えるのが、この鬼の正体なのですよ」

鬼という言葉を聞くたびに、美恵子の肩が小さくぴくりと動いたことに、内藤は気

がついていた。そして、内藤の言葉が終わると同時に、蓮丈那智が彼女の耳元に唇を寄せたのは、

――那智が説明すべき鬼の話を、自分がしてしまったことへのささやかな抗議かもしれない。

あるいは、

――つらい言葉を美恵子にかける役を自ら買ってでてくれたのかもしれない。

そう思った。那智の唇から漏れたささやく声が、青月美恵子の耳朶《じだ》を通じ、あるいは頭蓋骨《ずがいこつ》を伝播《でんぱ》して聞こえた。

「美恵子さん、ストーカーはあなたのほうだったのでしょう」

なにかが突然取り憑《つ》いたかのように、美恵子が震えはじめたのだ。

5

事件について、那智とあらかじめ話し合ったわけではなかった。那智は青月家の民俗調査を行なう過程で、まったく別の次元で発生した都築常和殺害事件の真相に辿《たど》り着いたのだろう。まったく別の要素を取り上げいつのまにか繋《つな》げてしまう。そうした独特の発想をこの女性民俗学者はもっている。それがあまりに意表を衝《つ》くものだから、

周囲は評価してよいのか、無視してよいのかわからなくなるのだ。

「ちがいますか」

美恵子に声はない。唇が、肩が、そして指先の震える幅が大きくなっていた。首がゆらゆらとスイングをしはじめると、やおら立ち上がった。次いでゆっくりと指先を天に向ける。と、突然首を背中に向けてぐっと反《そ》らし、反動を付けて、おもいきり俯《ふ》した。

——五体投地。

が、行者の行なう祈りの姿とは異なっている。起き上がり、小さく飛び上がって着地した。足踏み、足踏みを繰り返す。膝《ひざ》を大きく持ち上げ、前後左右の床を踏みならすのだ。

青月美恵子が精神のバランスを欠いていることはたしかであった。だが完全に自分を見失っているのではないようだ。どこかに現世に戻ろうとする自分がいて、一連の動きは、そのセレモニーにも見える。

しかもこれは、きっと青月美恵子が幼いころから見つづけたであろう、そして三國たちがビデオで見た鬼封会の鬼の踊りである。

その細い身体《からだ》を、蓮丈那智が抱き締めた。

「ね、あなたが都築君を追い回し、それでも自分の愛を受け入れてもらえなくて、ついには殺してしまったのでしょう」

抱き留められてなお、美恵子は那智の腕のなかで暴れた。自由を求める小動物が、逃れられないとわかっていながら、大きな力に抗《あらが》うように。相当な力でもがいているはずなのに那智の長身は微動だにしない。しばらくして突然、美恵子の動きが、ぴたりと止まった。それまでの自信のない声が、変わった。

「馬鹿なことを。あの人がわたしを追いかけてきたんです。しつこく、しつこく。引っ越しても引っ越しても、わたしのあとをついてきたんです」

青月美恵子が別人になった。

内藤は、ここからは自分の役目であると悟って、那智の言葉を引き継いだ。

「ぼくも、彼の足跡を追ってみました。都築常和の引っ越し先は、まず三月に町田、次が六月に代々木、十二月に町屋です。この意味がわかりますか」

「全部、わたしが引っ越した先です」

「そうかもしれません。けれどこう考えることもできます。我々の大学は狛江市にあります。これらの引っ越し先はすべて小田急沿線か、もしくは小田急に直接乗り入れている千代田線の沿線なのですよ。つまり、通学を頭に入れた引っ越し先でもあるのです。それに比べてあなたはどうでしょうか。八王子の専門学校に通うのに、最初の町田はともかくとして、代々木や町屋は果たしてふさわしい町でしょうか」

「わたしは追われていたんです！　学校に通うのが便利とか、そんなことを考えるゆとりはなかったんです」

あれ、と内藤は思った。確信に満ちた音声の奥に怯《おび》えと恐怖が混在しているように思えた。いま、こうして話しているのは青月美恵子の本性だろうか。それとも、先程の鬼の踊りで、別のものが取り憑いたのだろうか。どちらにせよ、そうでもしなければ、きっと精神を崩壊させる以外に道がないであろう彼女のことを思うと、痛ましい気持ちになる。

——やはり、解放してあげなければ。

その時の内藤の脳裏《のうり》にあったのは、その一事だった。

「まだあります。都築君は引っ越し先で表札を出していませんでした。郵便受けにさえ、自分の名前を書いていないのですよ。これこそは、追われる人間のもっとも大きな特徴であるとは、思いませんか」

「どう思われても、不動産屋で引っ越し先の契約をしたのは、わたしのほうが先です。彼はわたしを追いかけて、同じ町に引っ越しをしてきたんです」

その一点が、大きなネックになっていることは、内藤自身よくわかっているつもりだった。その部分を解明しないかぎり、ストーカーという鬼の仮面をかぶっていたのが都築常和ではなく、青月美恵子であったことは証明できない。

その時、蓮丈那智の乾いた声が「ミクニ」と、自分の名前を呼ぶのが聞こえた。い

つもの「内藤君」でもなければ「三國」でもない。そのうえまるで那智自身がなにかに取り憑かれたような声で、

「ミクニの鬼イコール祖霊説をもう少し聞いてみたい」

那智の声は絶対的な力をもっていた。だが、どうしてこの場でそんなことをいいだしたのか、内藤にはよく理解できた。

――残酷なことを考える人だ。

そのことが、どれほど美恵子を追い詰める結果になるか、わからないほど無神経な人ではない。が、そうする以外にない場合――それがどのような情況であったとしても――蓮丈那智という人は、それをためらわない。

「わかりました。少し話を元に戻しましょう。よろしいですか」

青月美恵子に承諾を求めると、意外にも素直にうなずいて、またモニターの前に腰をおろした。テープを巻き戻し、奈良薬師寺の修二会《しゅにえ》のシーンを再び画面に呼び出す。

ちょうど、毘沙門天が登場するシーンである。

「修二会における鬼が、祖霊《それい》であるとすると、毘沙門天の役割もまた変わってくることになります。修二会の主役である吉祥天《きっしょうてん》は、毘沙門天（多聞天《たもんてん》）と夫婦関係にありますから、そこに関係する仏徳《ぶっとく》をたたえる集まりである法会《ほうえ》を護《まも》るのは当然ですが、同時に、彼は祖霊である鬼を護っているともいえるのです。よく見てください。そう

いう目で見ると、毘沙門天は鬼を追っているのではなく、鬼の背後にあって彼を護っているように見えませんか」

「だが」と、那智が口を挟んだ。

「それは見方次第でどうにでもなることだろう」

那智は、論争をしかけるときにしばしばこうした話し方をする。たとえ自分の意見とはまったく違っていても、あえて反論を述べることで、別の角度からの証明を求めているのである。

「修二会の鬼が振りかざした松明《たいまつ》からは、大量の燃えさしが飛び散ります。これを拾って持っておくと、あらゆる災厄に対してのお守りになるとされています。これもまた、鬼が決して邪悪なだけの存在でないことの証明ですね。《悪》が落としたものを拾って、ありがたがるはずはないのですから」

そこで、今度は鬼封会《きふうえ》のビデオをセットした。早送りで、最後のシーンを映し出した。

「これは青月家に伝わる鬼封会です。鬼封会が修二会《しゅにえ》や修正会《しゅしょうえ》の流れを汲《く》む祭祀《さいし》であることは、他のシーンを見れば明らかです。ところが、このシーンだけは通常の解釈では理解できないのです」

画面のなかで、毘沙門天が鬼を突き、倒れた鬼から仮面を剝《は》いで頭上高くにさしあげた。

「鬼は先祖の霊です。これを殺す毘沙門天などありえない。いや、そもそも仏教の精神世界でも日本古来の精神世界でも、先祖の霊を抹殺するなどということはありえないんです」

「でも」という、美恵子の顔を内藤は見た。感情が宿っているのか否《いな》か、あまりにも無表情すぎてよくわからない。先ほど、自分が殺人犯であると名指しされたにもかかわらず、今はもうこうして画面に集中して見ていること自体、決してまともな状態ではない。

「事実、青月家の鬼は、殺されるんです。そう、鬼は殺されなきゃいけないんです」

「そうですね。たしかに青月家に現われた鬼は殺され、封印されてしまう」

那智の手が、そっと美恵子の肩に置かれるのが見えた。そして、

「菅原道真《すがわらのみちざね》はどうなったか、知っていますか」

「たしか、政争に敗れて九州に流されて、死んだと」

「その後は」

「天神様になりました」

「その前があるでしょう。失意のうちに死んだ菅原道真は、怨霊《おんりょう》となって都に舞い戻り、凄《すさ》まじいパワーでかつての政敵を破滅に追いやるのですよ。だからこそ人々は、

彼を神様に祭り上げ、その怨念《おんねん》を封印してしまった。この怨霊から神格化へという構図は、日本の歴史上、数多く見られます。相手がかつて人間であり、怨霊になったからこそ生まれた構図です。では、相手が僧侶《そうりょ》のように、そもそも神の領域に近いものだったら、どうなるでしょう」

那智の指が、美恵子のうなじを愛撫《あいぶ》しているようにも見える。

「わかりません」

「逆にすればよいのですよ。あなたは神に近い存在のくせに悪逆のかぎりを尽くす。そんなあなたはもう、邪悪な鬼でしかない。だから討たれて当然なのだ、と」

「では、わたしの先祖は」

「鬼を封じたことにしたかったのですよ。かつて菅原道真を追いやった藤原一族の生き残りが、限りない後ろめたさの気持ちで彼を神格化したように、あなたが鬼になったから悪いのだ。わたしはそれを封印しただけなのだ、とね」

「そんなこと、ありません」

「でもね、暴徒によって破壊し尽くされた寺の本尊である吉祥天像が、なぜ生き延びてここにあるのか、道理をもって説明しようとすれば、どうしてもそうなってしまう。つまり」

一旦《いったん》閉じられた那智の唇が、今しも開かれようとする瞬間を、内藤は痛ましい思いで見ていた。

――この唇が、時に残酷な言葉を発するための器官となる。

「たぶん……暴徒の中心にいたのが青月家の当主か、あるいはけしかけたのがそうであったのか。彼はこの仏像がほしかったのかもしれない。もしくはもっと別の理由……寺の関係者に対して憎悪を抱いていたのかも。そこで彼は、実にうまい方法を考えた。まだ燃え残っている廃仏毀釈《はいぶつきしやく》運動に名を借りて、邪《よこしま》な目的を達成することを。もちろん、後ろめたさがなかったわけじゃない。だから本来は寺に伝わっていた修二会の形を歪《ゆが》め、鬼封会と名を変えて、自らを正当化しようとした。しかも非公開の原則としたのは、それが一族の秘密であるというキーワードも含んでいる」

那智の言葉は、裏の意味をもっている。青月家の先祖への弾劾の衣をかぶせた刃《やいば》で、美恵子自身を切り裂こうとしていることを、内藤は知っていた。

――あなたの行為は、まるで先祖と同じだ。

「鬼封会こそは、あなたの先祖が行なったことを示すなによりの証拠なのですよ」

那智の言葉の二重の意味が、美恵子に伝わったかどうか、内藤は彼女の表情を覗《のぞ》き見た。

はたして。

青月美恵子が、じっと那智を見ている。そこには決意とあきらめと、爆発的な殺意があった。

「あの人は」と、美恵子が声を振り絞った。目を吊《つ》り上《あ》げ、頰の筋肉をいっぱいに緊張させて、唇だけで単語を吐き出す美恵子の顔は、再び鬼そのものと化していた。

「だれにも外部に見せない鬼封会を見せてくれって、高校三年生だったわたしにいったわ。その前には、わたしをずっと前から好きだった、とも。でも本当はそうじゃなかった。あの人は鬼封会のビデオを撮りたかっただけだったの。用が済んだら、わたしのことなんか、昨日食べたご飯のおかずみたいに忘れてしまったわ。それが許せなかったの。本当に好きだって、いつだって一緒にいたいといってくれたのに」

美恵子の目は涙を流したがっていた。けれど流れないのである。見開いた目は憤怒《ふんぬ》の炎を噴き出すけれど、人間に戻るきっかけとなるはずの涙はどうしても流れてくれない、少なくとも内藤にはそう見えた。

「わたし、高校を卒業後は、地元の短大への進学が決まっていたけど、あの人の傍にいたくて両親の反対を押し切って東京に出ていったのに。それなのにあの人は卒業が近いからって、会ってもくれない。毎日、毎日あの人のアパートの近くで待っていたわ。でもあの人、わたしを避けるように引っ越ししてしまった。だからまた追いかけて、また彼が引っ越して、また追いかけて」

那智が「もういいよ」というように、美恵子の肩を抱き締めた。

それから先の美恵子の言葉は途切れ途切れではあったけれど、事件の詳細は内藤の想像とほぼ一致していた。あの夜、美恵子のストーカー行為に業《ごう》を煮やした都築は彼女のアパートに怒鳴り込んだのである。都築の「どうしてわかってくれないんだ」という言葉は、自分の愛を受け入れてくれない美恵子への抗議などではなく、まるで逆の意味をもっていた。お前のことなど愛してはいない、どうしてそれをわかってくれないんだと、都築はいいたかったのである。短い言葉であったがために、それを聞いた周辺住人は被害者と加害者の立場を取り違えてしまった。

やがて自分を落ち着かせるように美恵子がいった。

「わたし、学校になんか行かなかった。ただ、毎日、毎日彼を追いかけて。追いかけているうちに、自分の気持ちがわからなくなった。これは恋愛かな、それとも憎悪かなと考えていたら、なにかの拍子に悪い鬼が宿っちゃったんだ」

「彼はかなりエキセントリックな性格だったから」

「違うの、わたしがよくないの。あの人は、鬼封会を見るまではいろんな話をしてくれたわ。あの人は少しも悪くないの。悪いのは鬼封会。あんなものがこの家に残っているから、よくなかったの」

ようやく青月美恵子の頬に流れる涙を見ることができて、内藤は、

――これで彼女は解放された。自分の業からも家の業からも。

そう思った。

屋敷を出るとき、当主の葉蔵が「研究のお役に立ちましたか」と声をかけるのへ、内藤はただ頭を下げることしかできなかった。内藤も那智も警察にはなにも言わない。当然、当主も娘の罪を知らない。これから美恵子がどうするのかは、わからない。それは彼女自身が決めることであるし、たとえこのまま正当防衛と言い張ったところで、自分たちにはどうすることもできない。警察の仕事がどのようなものであるかはよく知らないが、那智と自分が行なったことは、少なくとも犯罪者に自白を迫る告発ではない。

——では、どうして彼女を追い詰めた？

そこで、探求者の本能などという不遜《ふそん》な言葉を、内藤はどうしても掲げることができなかった。

ホテルのバーで、内藤は蓮丈那智とビールを飲んでいた。決して内藤も下戸《げこ》ではないが、いまだ、那智の酒のペースと量には追いつくべくもない。

「いつ、都築がストーカーでないことがわかりました？」

「警察で話を聞いたときには」

「すでに鬼封会の謎もその時に解いていたのですか？」

それを事件のパターンに当てはめて、ストーカーという名の鬼の正体が別にあることを突き止めていたのかと、内藤は舌を巻いた。が、

「まさか、わたしは名探偵ではない」

「じゃあ、どうして」

「相手の引っ越しにあわせて一週間以内に同じ町に住む、時には同じ日に不動産契約を済ませるなんて芸当をするには、相手の行動を毎日チェックしなければならないだろう」

「それが、ストーカーでしょう」

「しかし、都築常和は少なくともわたしの講義については完璧《かんぺき》な優等生だった。日頃の講義を完全に理解していなければ、あの解答は書けないからね。で、彼が殺害されてから、他の先生にも聞いてみた。そしたら彼は他の講義でも非常に真面目な学生だった。真面目すぎて、時に独善的になるほど」

そうか、と思った。それではストーカーになる時間的な余裕などないはずだ。

都築常和は学芸員になりたかったのだろう。研究者になりたかったのだ。それは時に自己中心的で、人の心模様を踏み躙《にじ》るなど、なんでもないことに思えたかもしれない。だからこそ蓮丈那智に取り入るために、非公開の法会である鬼封会をどうしてもビデオに収めようとしたし、必要であれば、その家の箱入り娘を口説くことも、至極

当然のように行なった。

――彼は彼の正義に則《のっと》って生きた。

だが、その正義の犠牲者がそれを許さなかったのだ。

「でも、あの契約の件はどうなるんですか。どうして美恵子は都築が不動産契約をする前に、自分の契約を終えることができたんですか」

「たぶん、それは彼女がストーカーであり、都築常和のあとを追いかけるのに、なりふり構わなかったから」

「わからないな」

早くも三杯目のビールに口を付けた蓮丈那智が、

「民俗学者は想像力も必要だけれど、一般常識ももっていなければ、ね」

と笑う。

「たとえば家賃六万円の部屋に住むとして、契約にはいくらかかる?」

「敷金が二ヵ月、礼金が二ヵ月、不動産屋の手数料が一ヵ月に前家賃が一ヵ月とすると、三十六万ですね」

「そんな金額を持ち歩いて、何軒もの不動産屋を回る馬鹿はいないよ。普通は一万円くらいの手付金を打つものだ」

「あっ」

「つまり手付金から本契約までのタイムラグは、その時の情況によって変わる。たとえば一週間後に本契約を結ぶかもしれないし、三日後かもしれない」

「つまり彼女は必要な現金を常に持ち歩いて、都築のあとを追いかけた」

「彼が手付金を打つと、すぐに同じ町で不動産契約を結んだんだ。そうすれば、自分が追われているように見せかけることができる」

那智の「追われているように見せかける」という言葉が、頭のどこかで異物となって離れなくなった。

「つまり、最初から彼女はそれを狙って？」

「はじめの町田は、たまたま美恵子の不動産契約よりも、都築君のほうが遅かっただけじゃないかな。けれど」

「けれど」の言葉の続きを、蓮丈那智はどうしても語ろうとはしなかった。グラスに見入るその姿は、いつもの鋼鉄《はがね》の視線を失っていた。

――彼女の殺意はいつ生まれただろうか。最初の引っ越しで生じた偶然を、いつから積極的に利用する気になっただろうか。

鬼となって追う身を、鬼に追われる身に入れ替えることを思いついた時、本当の《鬼》は彼女に宿ったかもしれない。ちょうど彼女の祖先が同じことを考えたように。

「先生」と声をかけると、

「きみがなにをいいたいのか、わかっているけれど、その言葉は口にしないほうがいいと思うな」

「やはり、そうですか」

「どうして鬼封会の真の意味を知らない青月美恵子が、先祖の犯罪を模倣する形で事件を起こしたのか。テレビ出演専門の似非《えせ》学者なら、当然のように因果応報の法則を述べるだろうが」

「不思議じゃありませんか」

「だったらそれを正当に証明する論文を書きなさい。ただひとついえるのは、鬼封会は見る人を暗澹《あんたん》とさせるマイナスベクトルをもつ祭祀《さいし》。その凶々《まがまが》しさは、美恵子の心の奥深くに伝わったかもしれない」

遣《や》り切れない、遣り切れないと胸のうちで歯軋《はぎし》りする蓮丈那智の気持ちが、グラスを傾ける角度に表われていた。

「どうします、今回の件は研究テーマとして」

「しばらくはファイルにしまいこむしかないだろうね」

こうしたファイルが、那智の研究室のコンピュータにはいくつかある。

——だから……。

内藤三國は那智の横顔を見ながら「異端の肖像」などという言葉を、ふと思った。

凶笑面《きょうしょうめん》

『奉鎮凶笑之面霊神

此神ノ生マレタル由来有之』

『霊有　某村早川茂蔵氏ノ所有シタル面ヲ当村谷山尚典《なおのり》氏ガ買ヒ受ケ
村内祭礼ノ儀具ヘ供シタルニ
連年頻《しき》リニ死亡者続出シ　最近ニ至リ一層甚《はなは》ダシク
鎮守《ちんじゅ》ノ祭日ニ対シ忌服ノ不祥事往往有之
村民恐懼《きょうく》ノ余リ神託ヲ乞ヒシニ　曰《い》ハク其面ノ祟《たた》リナル事判明シタリ
依《よっ》テ其面権現《ごんげん》ノ社ニ封印セシメ　面ノ霊ヲバ勧請《かんじょう》シ奉ルモノナリ

明治廿《にじゅう》四年弐《に》月壱拾《じゅう》五日』

1

内藤三國は、先程から論文を読みつづける蓮丈那智を、そっと盗み見た。針の筵《むしろ》に米俵を担いで座ったら、こんな気分になるかもしれない。あまりの居心地の悪さに、冷汗が止まらなかった。

モンゴロイドからはかけ離れた彫りの深い顔立ちの那智が、こうして黙りこくると周囲の温度まで変わるようだ。椅子から投げ出すように伸びた足が、先程から二度ほど組み替えられた以外、那智の身体《からだ》の部位で動きを見せているのはページをめくる指のみである。

——機嫌がよくないな。

その証拠に、彼女のデスクでコーヒーカップが冷たくなっている。一日三回の熱いコーヒーは蓮丈那智のエネルギー源の一つではないかと、思うことがある。たとえ暑い夏の盛りでさえ、彼女がアイスコーヒー——那智曰《いわ》く、この世で最も堕落した飲料であるそうな——を飲んでいる姿を、内藤は見たことがない。

那智がコーヒーに手を付けることも忘れて読んでいるのは、初めてまとめた内藤本人の五十枚ほどの論文である。

「あの」と、ようやく上げた自分の声が、嗄《しわが》れているのがわかった。

「いかがでしょうか」

唾《つば》を飲み込んで待っていると、蓮丈那智が顔をあげ、返事をする気がないのか、じっとこちらを見る。それだけで部屋の空気は固形化し、鼻も口も塞《ふさ》がれたように息苦しくなる。この女性学者が身にまとう雰囲気は、それを可能にする。

「異人《マレビト》論への一考察、か。テーマは悪くないわ、折口《おりくち》民俗学に新しい視点を加えているのも、よく頑張っているといえるね」

「そうですかあ……はは、悪くはありませんか」

緊張の風船が、一気にしぼんだ……はずが、次の「でもね」という那智の一言によって、再び臨界点にまで膨れあがった。

「たとえばこの一文。『折口の視点というのは、ある意味で明治以降の近代制を見事に刻印されなかったものだろう』――。これは明らかに日本語じゃないな。主語である『折口の視点』と、述語の『刻印されなかったものだろう』の間には、まるでつながりがない」

内藤は、反論を試みようと口を開いたが、那智の言葉の続きによってそれはかなわなかった。

「きみのいわんとすることはわかる。こうした言葉遣いは、多くの論文に見られる。でもね、いくら論文の内容がすぐれているとしても、人に理解されない文章は論文とはいわないよ。少なくとも、わたしの研究室にいるかぎりは、こんな文章を書くのはやめなさい。たとえばこの箇所なら『折口の視点は明治以降の近代制に背を向けている』と書けば済むことだろう。しいてレトリックを弄《ろう》するような真似は、他の学者気取りに任せておくんだね」

　那智の言葉には反論を許さない響きがあった。学術論文には、那智の指摘するような一面がたしかにある。簡単な表現で済むことを、わざと婉曲《えんきょく》な言い回しを用いて、複雑怪奇な文章に仕立てるのは、学者の特権意識の表われだ。十分注意したつもりだったが、いつのまにか他の論文に感化されたのかもしれなかった。

「ただし。繰り返すようだけど、視点は悪くない。折口のいう《マレビト》が、分析概念、もしくは分析のための仮設モデルという論は、新しいと思う」

　そう慰められても、内藤の心中は穏やかではない。よくよく考えれば、表現を改め、書き直せばいい論文だといってくれているのだ。が、那智が一部分でも否定すると、その存在価値までもが否定された気分になる。よほど自分はこの助教授が苦手なのか、あるいは、

——この人は言霊《ことだま》でも使っているのだろうか。

と、思うことさえある。

もっとも、那智は「異端」と陰でいわれるように、あらゆる面で型破りな学者であることは間違いない。その寸鉄人を刺すような言葉は、内藤のみならず、他の学者に対しても容赦なく向けられる。学術発表会で、主催者側が用意したレジュメに内藤にしたのとまったく同じ指摘をして、相手をひどく怒らせたのが半年前であったことを、内藤は思い出した。

冷たくなったコーヒーを淹《い》れ替え、渡すと、那智が口を開いた。

「人間の思考は、常に二項対立の組合せによって世界観を構成しているといえる。日常と非日常、秩序と無秩序、中心と周縁。折口信夫《しのぶ》という人は、それらを分析するメソッド、あるいは一つの基準線として《異人・マレビト》という言葉を発明したのかもしれない」

「そこなんです。彼は芸能の原点を祭祀《さいし》に求めていますよね。同時に祭祀こそは異人との接触行為である、と。異人の住む《トコヨ》は、海上はるかに横たわり、富と齢《よわい》との源泉であると同時に、罪と掟《おきて》の根拠地でもあるわけです。このひどく抽象的な言い回しは《異人》そのものが、観念であることを示しているのではないでしょうか」

いつのまにか、内藤は那智の話術に引き込まれて話していた。こうして論題を投げかけ、論争することによって、互いに新しい視点を生み出すことができる。民俗学とは、想像と論争の学問であると繰り返す那智は、しばしばこうしたディスカッションを試みようとする。

「論文を発表するだけの学会なんて無駄だ。むしろその後の論争を主体にもってこなければ」というのも、彼女の口癖である。

ただし、民俗学には論争はあっても結論がない。生み出された視点が否定されることはあっても、抹消されることがないのだ。したがって民俗学の世界では新たな学説が際限なく増殖する結果となる。折口民俗学の《異人論》にしても、これまで多くの学者がアプローチを試みた。が、学問と文学の狭間《はざま》で多くの功績を残した折口は、いまだ多くの謎を含んで、民俗学界に屹立《きつりつ》する巨人である。皆が容易にその高みには近づけない。

内藤が試みたのは、あくまでも折口の異人論への、解釈の方法にすぎない。

「折口以前には、宗教現象としての異人は存在していたのかな」

「そのあたりは……ちょっと……」

「異人にはふたつのパターンがあるような気がする。前からそんなことをぼんやりと考えていたんだ」

「トコヨからやってくる客神としての異人、以外にですか」

「折口は芸能の原点は祭祀だといっているだろう。芸能は人に伝えられなければならない。するとそこには芸能の伝承者であり、漂泊者でもある異人が存在していることになる」

「はあ」

「とりあえず、異人についてもう少しつっこんで調べてみること。客観的なデータが足りないな。想像力はあくまで出発点にすぎない」

「はい、それで……ですね、先生の採点は……その……」

内藤がその時点でもっとも聞きづらいことを口にすると、那智は言下に「Bマイナス」と、いった。冷徹そのものの声で。少なくとも、内藤はそう感じた。名状しがたい感情が乱高下を繰り返し、首の後ろが熱くなったり冷たくなったりする。

「ビッ、Bマイナスですか……ははっ、そうですよね。いやそうです、やはりBマイナス程度の論文ですよね」

そんな内藤に追い打ちをかけるように、那智の言葉が続いた。

「例の長野の一件はどうなっているのかな。教務部から調査費用は調達できたのかい」

「はっ、はい！」

八月に入るとすぐに、長野県北佐久《きたさく》郡のH村へ民俗調査に出かけることになっている。が、新年度に入って数ヵ月しか経っていないというのに、すでに蓮丈那智研究室の予算は破綻《はたん》しかけている。教務部に出かけ、金に細かく厳しい狐目《きつねめ》の担当者との交渉にあたることは、内藤の重要な、そして胃の痛い仕事の一つである。

「それに……」と、那智がめずらしく言葉を濁した。こんな物言いは、異端の民俗学者には似合わない。

「もしかしたらだが……いや、やめた。仮説のうえに仮説を立てるのは研究者のスタンスとして、正しくない」

「やだな。はぐらかさないでくださいよ」

それには応《こた》えず、蓮丈那智がコンピュータのスイッチを入れて「凶笑面《きょうしょうめん》」とタイトルを付けられたデータを呼び出すと、まもなく画面に木箱の写真が現われた。

『奉鎮凶笑之面霊神
此神ノ生マレタル由来有之』

木箱の表に、こう箱書きされている。次の画面を呼び出すと、箱の裏側に書かれた一文が『霊有　某村早川茂蔵氏ノ所有シタル面ヲ……』と続いている。

三枚目の写真は、木造《きづくり》の面である。

ただの面ではない。笑う面である。

しかも、凶々《まがまが》しい笑みによって破顔した、陰惨極まりない表情の面なのである。

それぞれの画面を交互に見ながら蓮丈那智が、「内藤君の論文と、この面とはかなり深いつながりがあるかもしれない」と、つぶやくのがかすかに聞こえた。

二ヵ月ほど前のことだ。東京都狛江市にある東敬《とうけい》大学・蓮丈那智研究室の許《もと》に、一通の手紙と資料が届けられた。差出人の名前を見るなり、那智の形のよい眉《まゆ》の根が、全身にあふれた不快感を示すように盛り上がったのを、内藤はよく覚えている。

「安久津《あくつ》事務所か……」という声を聞いて、内藤にも那智の不快感を理解することができた。安久津事務所は、世田谷区に民具と骨董《こっとう》の店舗を構える安久津圭吾《けいご》の個人事務所である。

主に全国を飛び回って、店の商品となる品物を収集するのが目的の事務所であるというが、その実、店舗での儲《もう》けを隠すためのダミーであるとの噂がもっぱらだ。安久津圭吾本人が「悪食《あくじき》圭吾」の異名をとるほどで、客筋の評価は別として、専門家や研究者の間では蛇蝎《だかつ》のごとく嫌われている人物である。

民俗学上の物的資料とは、同時に骨董業界での主力商品でもある。なにも書画や名品の焼き物ばかりが珍重されているわけではない。《蕎麦猪口《そばちょこ》収集家》や《駄モノ収集家》、《仏具《ぶつぐ》収集家》などと呼ばれる好事家《こうずか》も多くて、業者と研究者は常に収集合戦を繰り広げなければならない。

もっとも、手放す側にしてみれば、より高額で引き取ってくれさえすればどちらでもよいわけで、とどのつまりは自由な資金力のある業者が、かなりリードしているのが現状だ。特に、安久津圭吾のやり口は強引かつ執念深く、収集の範囲が恐ろしく広い。それ故に「悪食《あくじき》」の異名を冠されたのだ。

そうした人物から送られた資料である。業界に悪名がとどろくということは、買い取らないか」という内容に違いない。困ったことに、安久津事務所から送られる資料には、無視するということでもある。困ったことに、安久津事務所から送られる資料には、目端《めはし》が利くには忍びない内容が含まれている場合がきわめて多い。なおかつ私学の助教授の研究室では、とうてい手が出ない高価なものがほとんどであるから、蓮丈那智の不快感は至極当然のものといえた。ときに、資料に含まれる偽物《ぎぶつ》を見破って、安久津の鼻を明かしたこともあるそうだが、たいていは手の出しようのない高価な玩具《がんぐ》を見せびらかされ、地団駄を踏むというパターンが多い。

だが、資料を読むうちに、那智の表情が変わった。数点の写真資料をスキャナで読み込んでコンピュータに入力し、文書資料はコピーを取ってオリジナルを研究室内の金庫に保管した。一連の作業を那智が自分の手で行なったところを見ても、安久津からの資料がいかに彼女の興味を引くものであったかがわかる。

「どうしたのですか」

そう問うと、那智は画面上に取り込んだ写真映像を拡大した。とたんに内藤は背筋から腹部にかけて、なんとも形容しがたい不快感に襲われた。そうした印象を人に抱かせる面なのである。目にあたる部分が不自然に吊《つ》り上《あ》がり、そこから頬にかけて、大きな皺《しわ》が刻まれている。まるで顔の筋肉を見えない手で摘《つま》まれたような、引きつれた笑いである。

「凶笑之《の》面とは、よく付けたものだな」

「凶々しい笑いですが、まさにその通りです」

別の写真資料には、面の由来が書かれている。多分、面を納めた箱に書かれた文章であろう。要するに、この面を某村の谷山尚典《たにやまなおのり》が買い受けたところ、村内に急に死者が増えはじめた。大事な祭礼の日まで、喪に服す人々が多くなり、由来を神託によって調べたところ、面に怨念《おんねん》がこもっていることがわかった。そこで権現《ごんげん》の社《やしろ》に怨念を封印し、面そのものを神様として勧請《かんじょう》した、というのである。

「古来、笑いというのは吉兆でしょう」

「魔を遠ざけるともいわれている。たしか山口県の防府《ほうふ》市ではなかったか。大声で笑う行為そのものを神事とする祭りがあるはずだ」

台道《だいどう》で行なわれている「笑い講」という神事がある。

「ですが、この面は……。ところで、安久津はなんといってきているのですか。この面を買ってくれと？」

「それが、違う」

「違うというと」

「民俗調査を依頼したいと、手紙には書いてある」

「まさか！」と、笑うと、那智が黙って手紙をよこした。内容にはたしかに「面の由来について不審あり。民俗学的なリサーチをお願いしたい」とある。しかも、ご丁寧なことに調査費用の用意もあると、書かれている。

「意図が読めない」との、那智の一言には困惑が含まれている。要するに安易に引き受けると、とんでもないことに巻き込まれそうだということだ。が、そこには別の意味が込められていることを、内藤は早くも察していた。

――また、仕事がふえそうだ。

五月現在、那智の研究室では高知県に伝わる神道の一流儀である「いざなぎ流」の聞き取り調査を行なっている。現地での聞き取り調査には、意外なほど費用がかかる。もちろん、安久津のような人間に調査費用を出してもらうことはありえないから、新たに調査を入れるとなると、年間予算をはるかにオーバーしてしまう。だがそうしたことなど蓮丈那智という民俗学者はいっこうに気にしない。

はたして。

「八月になったら、少し手が空くね」

「面白そうじゃないか。それにこれは安久津からの挑戦状かもしれない」

「やる気ですか」

その一言で、那智と内藤は八月に長野県を訪れることになったのである。

2

「そもそも、面とはなにか」

長野に向かう新幹線の車中で、那智が唐突《とうとつ》に質問をよこした。昼食にラーメンを食べている最中でさえも、「横浜から入ってきたラーメンが北海道でみそラーメンに変化するまでの足取り調査をするとしたら、どのような方法が考えられるか」といった質問を、なんの脈絡もなく問いかけられることがある。研究室に入った当初こそは戸惑い、言葉に詰まったが、内藤は最近になってようやく那智の思考パターンについてゆけるようになった。あくまでもついてゆくだけで、追い越したことはまだない。

「面とは、つまり化身の道具です」

人が自分以外のなにものかに変身しようとする場合には、化粧と面を用いる二つの手段がある。いずれにせよ、人はこれらの力を借りることで神々や祖霊、神話上の英雄になりきることができる。

「面の目的を分類すると？」

「呪術《じゅじゅつ》・儀礼用と、イメージの視覚化用でしょうか」

「答えとしては平凡だが、まずまずだ」

那智が、研究室で「異人《マレビト》との関連」を口にした意味が、内藤にもようやくわかってきた。面には「異人」を示す要素が非常に強いのである。まして面を使用する原点を探れば、そこにはやはり祭礼が存在する。祭礼儀式から芸能への過程という、双方の要素に面は関係している。

「ですが、凶笑面を異人の視覚化と仮定すると、どのような説が生まれるのでしょうか」

「それを、今から調べるのだよ」

「それはそうですが」

内藤は、那智の頭のなかに、すでに仮説がいくつか生まれていることを感じ取っていた。

たぶん、自分の頭では想像もつかない仮説ではないか。内藤の気持ちを察知したように、「イメージの断片だけでいうなら」と那智が切りだした。その声をずっと待っていたのである。

「異人は、トコヨからやってきて人々を祝福する招福《しょうふく》の象徴だ。けれどトコヨは同時に罪と掟《おきて》の根拠地でもある。悪《あ》しき者には、ペナルティを与えるね」

「なるほど。ペナルティを受けるにはそれなりの罪がある。けれど受けた本人にとっては理不尽以外のなにものでもない」

「そうしたとき、異人の顔はあのように見えたかもしれないね」

「それだけですか」

「今は……」という言葉を聞いて、内藤は少々がっかりした。その程度の仮説であれば、内藤にも立てられる。那智の口から平凡な学説など聞きたくもない。異端の民俗学者の手伝いをしている者の誇りを、十分に満足させる説がほしかった。時としてそうした自分を、

——これは相当に危険な兆候だ。

と思うこともある。が、刺激を求める自分を、抑えようがないのである。

「ただ」と、那智が付け加えた。刺激を求めて脳内の神経シナプスが、疼《うず》いた。

「仮面についての考察には、まだ肝心《かんじん》なところが足りない」

「なんですか」

「それは、現物を見てのお楽しみ。ただ……面の根源といってもいいだろう。あるいはそれが、今回の調査の要《かなめ》になるかもしれない」

長野県北佐久郡H村は、戦後ふたつの集落が合併して村になったという。面が保管されている谷山家は、この地で代々庄屋《しょうや》職を務めた家柄である。高い黒塀に隠れていながら、谷山家の家構えの古さと大きさは、周囲から浮き上がって見えるほどだった。

インターホンで来訪を告げると、すぐに巨漢の安久津圭吾が現われた。その十分にラフな格好を見ると、どうやらここに寄宿していることがわかる。

「ようこそ、おいでくださいました。さあ、蓮丈先生、こちらへ」

「どうも」

那智の荷物を奪おうとした安久津の手が、ぴしゃりと叩《たた》かれた。

「どうか、お構いなく。荷物運びは連れてきていますから」

那智の醒《さ》めた目つきと、対照的に喜色《きしょく》を満面に表わした安久津とを交互に眺め、内藤はすぐにこれから起こるであろう戦いを予測して秘《ひそ》かにため息を吐《つ》いた。

「まずは、御当主に挨拶《あいさつ》をさしあげたいのですが」

「ええ、もちろんですとも。どうぞ奥へ、先生の著書のファンだとかで、お見えになるのを楽しみにしておいでですよ」

内藤が安久津に会うのはこれで二度目である。こうした人種にとって、一度でも会った人間はすべて明日のカモ以外の何者でもないはずだ。が、先程から安久津は内藤を見ようともしていない。那智へのわざとらしいほどの笑顔と、内藤へのあからさまな無視。安久津の目的《ターゲット》が那智以外にないことを、改めて感じた。

奥に通されながら周囲を見回すと、そこかしこに時の流れの遺物があった。黒光りした長い廊下はどこまでも継目のない杉の一枚板を、八枚並べた豪壮《ごうそう》な造りである。光沢は時と人とが研《みが》くことでしか生み出せない代物《しろもの》である。旧家とはいえ、江戸時代からの造りは家のなかにいくつも残ってはいないだろう。廊下はその貴重な一つである。

「昭和に入って、かなり手を入れたそうですが。それでもこれだけのものは今はもう作れないでしょうよ」

「安久津さん、その様子ではすでに蔵開《くらびら》きを?」

「ええ、おいおいと。こうしたものは焦っては、ねえ」

安久津が言葉を濁した。

地方の素封家《そほうか》の蔵へ、骨董《こっとう》業者が初めて入ることを「蔵開き」というのだと、那智から聞いたことがあった。そこは業者にとって宝の山である。同時に、研究者にとっても宝の山だ。その一角をどうして那智に見せるのか。書画の鑑定と違って、民俗調査は長引く場合が多い。業者にとっては一利もないはずだが、安久津はあえてそこに研究者を招き入れようとしている。

――今回は、わからないことが多すぎる。

自然と、内藤は警戒警報のセンサーを働かせはじめた。

廊下を直角に曲がり、右手にかつて庄屋の屋敷であった名残の土間を見て、奥の間に進んだ。臙脂《えんじ》のワンピースを着た若い女性がデスクに向かっていた。この家の娘だろうと内藤が会釈をしたが、どうやら彼女の目には留まらなかったようだ。

「蓮丈那智先生ですね。初めてお目にかかります。わたくし谷山玲子《れいこ》と申します。先生の本はすべて読ませていただいております。お目にかかれて、本当に光栄です」

上半身を浮かそうとした。が、動きがぎこちない。デスクの横に杖《つえ》が置いてあることに気がついたのか、代わりに那智が彼女に近寄り、腰を折る形で握手をした。谷山玲子は足が不自由であるらしい。その後の挨拶の言葉から、この女性が現当主であることがわかり、内藤は意外な印象を受けた。当主という要素と若い女性であること、そして身体《からだ》の不自由さが、奇妙にバランスを保って、奥の間に生息している。見回せば、若い女性のものとはとても思えない、簡素かつそっけない部屋である。壁に掛かった抽象画さえも、色合いの暗さばかりが強調されているようだ。

蜩《ひぐらし》の声が、幾重にも重なって聞こえることとさえ、この部屋のバランスの一つに思えた。

「このたびは、珍しいものをお見せいただけるということで、非常に楽しみにしております。ところで、谷山家というのは、相当に古い家柄なのですか」

それに答えたのは玲子ではなく、安久津であった。

「元文年間に奉行所が出した、庄屋職を命じる文書が残っています。ですから少なくとも二百五十年以上は……」

元文年間といえば、徳川吉宗の治世《ちせい》である。

「けれど、その頃はこの辺りは貧しい農村でしたから、庄屋とはいっても農業の片手間に世話役を務めていたようなもので」

と、玲子が付け加える。

谷山家が現在のように大きくなったのは、寛政年間に入ってからのことだそうだ。丘陵を一つ隔てた所に流れる川から用水を引き、狭い土地ながらも安定した収穫高を得ることができるようになって、小作人も増え、家は栄えたという。

「その用水事業を手懸けたのが、八代当主の喜八朗です。彼はもともと富山の人で、薬売りの行商を経《へ》て谷山家の養子となりました。そのために明治頃までは、うちのことを行商長者と呼ぶ人もあったと聞きます。もっとも、今となっては長者なんて言葉は、恥ずかしくて使えませんけれども」

「そんなことはありませんよ。十分に立派な家屋敷ではないですか」

内藤の言葉に、玲子は初めて彼の存在に気がついたように、小首を傾げた。よく見れば内藤よりもわずかに年上かもしれない。が、言葉にも仕草にも、まだまだ少女っぽさの残る女性である。

「内藤三國です。蓮丈研究室の助手を務めています」

「そうなんですか。蓮丈先生の研究室を手伝えるなんて、素敵なことですね」

那智が会話に割って入った。

「例の面は、どこに保存されていたのですか」

「蔵です。箱書きにあった権現の社《やしろ》は、明治時代に取り壊し、そこに蔵を建てたそうです」

「権現を取り壊した？」

「当時の当主の尚典《なおのり》が、神仏の類《たぐい》を一切信じない人であったそうです。ただ、社にあった面だけは、さすがに気味が悪くなったのか、蔵の一番奥にしまいこんだようです」

「それはおかしいですね」

「そうなんです。箱書きには、凶事が重なったので明治二十四年に権現《ごんげん》に封印したとあるのですが、尚典の日乗《にちじょう》を読むと、彼が権現を壊した明治十八年時点で、すでに面は権現の社《やしろ》にあったことになるのです」

「そうか、それで箱書きに疑問を抱いた、と」

「ええ」

「それにしても、ずいぶんとお詳しいですね」

足が不自由なこともあってか、彼女はそうして資料にあたることが趣味であるらしい。言葉の一つ一つが、決してつけ焼刃ではないことを示している。

「さっそくですが、実物を拝見できますか」

その時になって、谷山玲子の表情に陰りが見えた。困ったような、それでいて那智と内藤をどこかで非難するような、あるいは拗《す》ねるような表情である。

「あの……面を見つけたのはわたしなんです。四月の終わりでした。日乗に書いてあるとおりに、蔵の奥にしまってあって……でもああした面でしょう。珍しいし、由来どおりとも思えないので、先生に調査を依頼してはどうかと」

「あなたが？」

那智が眉《まゆ》を顰《ひそ》めた。写真資料を送ってきたのは、安久津圭吾である。

「安久津さんには半年ほど前から、うちの蔵の整理をお願いしてあります。わたし、先生の書いた最新の論文を読んだばかりでしたの。それで安久津さんにそのことを話したら『わたしも蓮丈先生のことなら、存じあげています』と、おっしゃるものですから」

「なるほど。それで彼のところから依頼があったと」

そうはいうものの、那智の言葉は決して納得したという響きをもってはいなかった。

「先生に依頼をしたものの、今月にならなければ調査は無理ということでしたので…

…だったらと……安久津さんが……」

その時、廊下を渡る音が聞こえた。複数の足音がこちらに向かっている。内藤がふりかえるのと、足音の主が部屋に入ってくるのが、ほぼ同時だった。中年男性と老婦人の姿があった。仕立てのよさそうなダークブルーのスーツを、この暑さだというのにきっちりと着込んだ男の姿を見て、内藤は驚いた。先に口を開いたのは、那智であった。

「あなたは、甲山《こうやま》さん」

スーツ姿の男は、島根文理大学の甲山博であった。専攻は那智と同じく民俗学である。

「お久しぶりだね、蓮丈君。きみが見たがっている面はこれだ」

腺病質《せんびょうしつ》を窺《うかが》わせる声で、甲山が手にした風呂敷包《ふろしきづつ》みを那智に手渡した。

——なるほど、そういうことか。

那智の手が今月まで空かないのを知った安久津は、島根文理大学の甲山に調査を依頼したのである。が、経緯はわかっても、その意味が理解不能であった。どうしてそこまで調査を急ぐ必要があったのか。

甲山と一緒に入ってきた老婦人は、玲子の介添えらしい。彼女の背後に立ったまま動かなくなり、会話にも参加しない置物となった。

「あなたの露払《つゆはら》いをさせていただきましたよ」と、甲山。内藤は何度か学会で甲山の発表を聞いているが、神経質な性格が学説にも滲《にじ》んでいるようで、あまり面白いと思ったことがない。

「ところで安久津君。例のものはすでに蓮丈君に？」

「いえ、まだです」

「それはよくない！ 我々にとってデータは命だ。そんなアンフェアなことをしてもらっては、困るよ」

「とりあえず、面の実物をご覧に入れてから、と思ったものですから」

二人の会話から、まだ別の資料があることがわかる。那智を見ると、すでに甲山から手渡された風呂敷《ふろしき》の包みを解き、面の実物を取り出そうとしているところであった。木箱の箱書きを確かめ、白い手袋をはめて蓋《ふた》を取る。薄く色褪《いろあ》せた浅黄色の服紗《ふくさ》を解き、面を取り出すと、介添えの老婦人の喉《のど》から「ひっ」という声が漏れた。

実物を見ると、マイナスベクトルの言葉以外には表現しようのない面である。時間さえも止めてしまう、異様な禍々しさを感じる面がそこにある。

ややあって、甲山がこほんと咳払《せきばら》いをした。「いかがですかな、ご感想は」という質問に、蓮丈那智は答えなかった。ただただ、面に見入るばかりだ。あらゆる角度から眺め、時には顔に当てるふりをして、面に関するあらゆるデータを脳細胞に入力しようとしている。周囲にはそう見えたはずだ。彼女が小さく「やはりそうか」といった声を、甲山も安久津も聞き逃さなかった。二人が顔を見合わせ、ほんの一瞬頬を緩めたことを、内藤も見逃さなかった。

——…………！

「なにか、おわかりですか」と聞いたのは甲山であった。それにタイミングを合わせるように、安久津が手にしたバッグから茶封筒を取り出した。

「実は蓮丈先生、こんなものも見つかっているのですよ」

封筒から取り出したのは、写真資料だった。二ヵ月前、那智の研究室に送られてきたものと同様の、面と箱書きの写真である。ただし内容が違った。

箱書きには「喜人面」という文字が見て取れた。

3

谷山家に調査に入って三日が過ぎた。

この日、玲子の案内で蔵を見せてもらうことになっていた。近くのペンションに宿をとっている那智と内藤が、谷山家を訪れたのは午前八時のことだ。その時点で安久津がいないことを気にかけたものはだれもいなかった。半年にわたって蔵の収蔵物を調べていた安久津だが、それだけが仕事ではない。時にだれにもなにも告げずに東京に帰ることもあったし、別の業者を連れてきて、勝手に蔵のなかのものを漁《あさ》ることもあった。そんなこともあってか、玲子の介添えである服部《はっとり》ヨリエは、安久津のことをわざと無視している節があった。

蔵に入ったのは玲子とヨリエ、那智と内藤の四人だった。二十年以上前に蔵と居間とを廊下でつないだとかで、離れのようにも見える。玲子が錠前を外すと、ヨリエがまず外扉を開けた。続いて内扉を開けようとしたときだった。わずかな隙間からビー玉がふたつ、転がりだしたのである。

「あら、これは！」

「どうしたのですか」

「いえ、たぶん祖父が収集していたビー玉だと……」

ここまでは、のんびりとした会話が続いていた。

ヨリエに代わって内扉を開けた内藤が、まず最初に見たのは、床一面に散らばるビー玉だった。高窓から差し込む朝日をそれぞれが反射し、光が乱舞する。その先に奇妙なものがあった。最初はなにか大きな固まりであることがわかっただけで、その正体はわからなかった。動けなかったのは頭の奥で、警戒警報が「近寄るな」といっていたのかもしれない。光の乱舞が床に垂れた液体が血液であることを教えてくれた。

立ちすくんだままの内藤に代わり、蓮丈那智が蔵に入っていった。ひとめで情況を判断するなり、

「ヨリエさん。警察に電話を」

といった。

蔵の奥に横たわっていたのは、安久津圭吾の遺体であった。

二十分後に警察関係者がやってきて、まず発したのが「これはどういうことでしょう」という言葉だった。だがそれに答えられるものはだれもいなかった。無理もない。蔵のなかで、ビー玉をまき散らかした状態で発見された遺体など、地方の警察官ならずとも見たことなどあるはずもない。すぐに鑑識が派遣され、本格的な作業が開始されると、ビー玉の正体がわかった。蔵に入るときに玲子が「祖父が収集していた」と語ったように、約十五リッターの容積をもつガラスビン一杯に詰め込まれたビー玉が散乱していたのである。そしてそれが凶器でもあった。安久津圭吾は、ビー玉の入ったガラスビンで頭部を殴打され、死亡していたのである。

殴打され、とはいったものの、警察では事故とも事件とも断定しかねているようにみえた。どうやらガラスビンは、蔵の二階部に置かれていたらしい。床から二階部までは約五メートル。安久津の百七十センチの身長を差し引いても、重さ三十キロ以上のガラスビンが落下してくれれば、十分に死に至る高さである。

内藤らは、居間で事情聴取を受けた。そこで、安久津の死亡推定時刻が遺体の状況から昨夜の午前三時前後ではないかということを、逆に警察官から聞き出した。もちろん、だれにもアリバイなどあるはずがない。内藤と那智は近くのペンションに宿泊していたといっても、抜け出して歩いてこられない距離ではない。ただ、二人に対して警察官はほとんど興味を示さなかった。彼らの注意は、ほぼ玲子に絞られていた。

「ですが、ガラスビンで頭を割られて男が死んだのですよ。相当な音がでるはずでしょう」

「本当になにも気づかなかったのです。昨晩はぐっすりと眠っていましたし」

「それだけじゃありませんよ。蔵の鍵《かぎ》を持っているのは、あなたでしょう。安久津氏が蔵のなかで死んでいた以上、どうしても引っかかるのが、彼がどうやって蔵に入ったか、です」

こうした質問が繰り返し、手を替え品を替えて行なわれた。わずかな矛盾点でもあろうものなら、警察官は実にしつこく、その点を突く。

――たまらないな、これじゃあ。

事実、玲子は二時間もしないうちに音《ね》を上げた。もともと、身体《からだ》そのものが強いほうではないらしい。

「仕方がありませんな。では場所を改め、署でお話を伺いましょうか」

そういって警察官が立ち上がり、玲子に同行を促した。内藤はそれを阻止しようとしたが、うまく言葉が見つからずに唇を嚙《か》んだ。これ以上の尋問は、無理としか思えなかった。思いはヨリエも同じであるらしい。なんとか同行を阻止したいのだが、警察権力にあらがう方法が見つからないで、苛立《いらだ》っているのがわかった。

「待ってください」

蓮丈那智の言葉が、天使のように聞こえた。

「あなたがたのいくつかの疑問は、この場で答えることができると思います。ならば彼女を署まで連れてゆく必要はないでしょう」

「はあ?」

「まず、音の一件ですが。これは実際に蔵で実験をすればわかることです」

立ち上がった那智は、周囲の反応を確かめることなく歩きだした。自分についてくるのは、至極当然といった態度である。はたして、警察官はすっかり毒気を抜かれたように、那智の後に従った。

蔵の外扉の前に立ち、那智はいった。

「ミクニ、わたしがなかに入ったら十秒後に扉を開けるんだ」

「内藤君」でもなければ「きみ」でもない。この名前で自分のことを呼ぶとき、蓮丈那智の脳内ではなにかしらの着想があることを、内藤は経験で知っている。那智の姿が蔵の内に消えると、すぐに虫の羽音に似た音が聞こえはじめた。申し合わせどおりに十秒後、まず外扉を開けると、虫の羽音は飛行機のプロペラほどの音になった。内扉を開けた瞬間、音が爆発した。そして、すぐに止《や》んだ。

那智が、手にした防犯ベルのスイッチを切ったのである。

「かように、この蔵は防音性に優れています。たぶん壁の厚さと、素材のせいでしょうが、わたしはこれほどの防音性能をもった蔵をはじめて見ました。これならば、内部でロックバンドが練習しようが、殺人が行なわれようが、外に音が漏れることはほとんどありません。玲子さんやヨリエさんが気づかなかったのも、当然です」

警察官が、腕を組んだまま、黙り込んだ。那智が、

「次に鍵の一件ですが……」

そういうと、まるで長年の助手であるかのような手際のよさで、玲子が蔵の鍵を取り出した。非常に古いタイプの錠前の鍵で、簡単に近くで複製が作れるような代物ではない。しかも玲子本人が、「鍵を半日以上手放したことはない」と証言したものだから、警察官は再び疑惑の目を彼女に向けはじめた。とはいえ、「わたしはね」と、那智が言葉をかけるまでの間のことであるが。しかも声を聞いたとたんに、警察官は落ち着きをなくしはじめた。

「安久津という男が、どのようなタイプの人間であるか、よく知っているつもりです

よ。ああした男は、隙さえ見せれば、すぐに蔵の鍵を複製しようとするものです」

「ですが、玲子さん本人が鍵を半日以上手放したことはないと」

それが、警察官の試みることのできる、最後の抵抗だった。

「たしかに、蔵の錠前は非常に古くて特殊なものです。が、別の見方をすれば、非常にオーソドックスでもあるのですよ。古民具などをよく扱っていた安久津のような男にとってはね。なにかのときに錠前ごとすり替えておき、その間に鍵の複製を東京の旋盤職人にでも作らせることは可能です」

「そうか」と声をあげたのは警察官だった。

「錠前と鍵を同時に取り替えておけば、玲子さんにはわからない」

「安久津は、たびたび東京に帰っていたようです。その間の動きを探れば、比較的容易に鍵を作った人物を探し当てることができるでしょう」

このひとことが、幕引きの合図となり、警察官は帰っていった。もちろん「またお伺いします」という台詞《せりふ》は忘れずに、ではあるが。

その夜。那智と内藤が宿泊するペンションに、甲山がたずねてきた。甲山は、市街地にホテルを取っているという。

「大変でしたね」

神経質そうな声で気遣ったあと、甲山は矢継ぎ早に事件の経緯を聞いてきた。昼間に、甲山のホテルにも警察官が訪《おとず》れたそうだが、詳しいことはなにも教えてくれなかったという。内藤が説明する言葉にいちいちうなずきながら、何度か「ひどい話だ」と同じ言葉を繰り返した。それまで黙っていた那智が、

「なぜ先生のところにまで警察官が？」

逆にたずねると、

「おや、お聞きにならなかったのですか。どうやら死体の傍に、喜人面のオリジナルの写真があったそうなのですよ」

「オリジナルというと、安久津氏が見つけてきたという」

「そのとおりです」

それを機会に、話題は自然とふたつの面へと変わっていった。

凶笑面と喜人面。同じ地方にふたつの面が存在していたということは、民俗学上、興味深い内容を含んでいる。ふたつの面は実によく似ている。双子といってもよいほどだ。ただし印象がまるで違うのである。凶笑面が見るものに恐怖と不快感を催させるのに比べて、喜人面はずっと柔らかい印象を与える。

ただし、喜人面に関しては実物がない。どこからか安久津が探しだした、古い写真が残っているのみである。先日、安久津が持っていたオリジナルの写真を見たところ

では、昭和以前の古写真だと推測された。

いま現在、那智と甲山の手元にあるのは、オリジナルの古写真を複写したものである。

「H村が、以前はふたつの村落であったことはご存じかな」

甲山の問いに那智と内藤はうなずいた。

「喜人面は谷山家が庄屋《しょうや》を務めていた村とは、別の村に保存されていたようだ」

「やはり、庄屋の家に?」

「いや、それがよくわからない。安久津君は、どこかの農家の土蔵で見つけたそうだが、少なくともそれは庄屋の流れを引く家ではなかったそうだ」

そうした話は、民俗学の世界では珍しくない。そもそも民俗学という学問自体が、まだ生まれて一世紀にも満たない若い学問である。それまでは顧《かえり》みられることのなかった事物にスポットをあてるのだから、新資料の発見は困難かつ、どこから見つかるかわからないという一面をもっている。

ふたつの面を写真で見比べるうちに、那智の「人間の思考は、常に二項対立《にこうたいりつ》の組合せによって世界観を構成している」という言葉を、内藤は思い出した。

「これは、陰陽一対《いんよういっつい》と見るべきでしょうか」

内藤が問うと、甲山は凶笑面に近い顔で笑った。

「いや、わたしはもっと大きなテーマを含んでいると推察する」

その時になって、ようやく那智が話の内容に興味が出てきたといわんばかりに、身を乗り出した。手にしていたビールのグラスを置き、組んでいた足を解いて甲山に向き直った。

空気の流れが、はっきりと変わった。

「面白そうなお話ですね」と水を向けると、甲山は満面に得意げな笑みを浮かべ、

「わたしはね、最近になって宗教上の問題をしばしば取り上げることにしている。先月も論文を専門誌に発表したのだが」

「もちろん、拝読しておりますわ」

読後に、那智の口から「学者は論文を発表しなければ意味がないけれど、垂れ流すのはもっとよくない」という、痛烈な批判が出たことは、もちろんこの場で口にすべきことではない。内藤は胸の内で、ペロリと舌を出した。

――だんだん、性格が悪くなってゆく気がする。

甲山の言葉が続いた。

「宗教は、もしかしたらわたしたちが考えている以上に深く、大きなものを含んでいるかもしれない。たとえば、世界のあらゆる宗教には原点が存在していると、考えるようになった」

その問題は、宗教民俗学でしばしば追究されている。たとえば「生命の木（世界樹）」に関する伝説は世界各国に散らばっている。『風土記《ふどき》』にも大樹伝説は語られるし、生命の根源という意味で、しばしば新生児の誕生を祝って行なわれる《凧《たこ》あげ》と関連づける学者もいる。

「面が表わすのは、ある種の異人《マレビト》であることは、折口信夫《おりくちしのぶ》の説を借りるまでもない。違うかね」

「たしかに面の性格を考えると、面＝異人という説は、否定できないでしょう」

「そこをもっと広げて考えてみたんだ。あるいはそこの助手のきみ、なんといったかな」

「内藤三國です」

「うん。きみのいうとおり陰陽一対という考え方を含んでもかまわない。かまわないが、もっと視点をグローバルに広げてみてくれないか」

甲山の言葉が、少しずつ理解できなくなってきた。なにかとてつもなく大きな話をしようとしているのはわかる。が、自分自身の言葉に酔っていて、人に理解させようとする意志が、そこには感じられない。

「かつて人々はここで異人＝客神《きゃくじん》と出会い、その姿を面に残した。客神はいつでも吉凶ふたつの面をもっている。だが、そうでない可能性もあるのではないか。つまり、これはこの地におけるアダムとイブを表わしていると、わたしは見ているんだ」

――そうか。宗教の原点を想定したのか。

宗教の起源を人類の誕生に求めると、そこには記号としてのアダム&イブの存在がある。古事記におけるイザナギとイザナミもまた同じ役割を与えられているといえる。地方の一集落に伝わるふたつの面がそれを象徴していると仮定すると、宗教の起源を探る新たな道が見つかるかもしれない。その意味ではかなり大胆な仮説である。

甲山のいわんとすることはようやくわかったが、内藤は釈然としなかった。学説に飛躍は必要だ。甲山説には十分にそれがある。にもかかわらず、知的刺激を受けることがないばかりか、もどかしい違和感まで感じる。何故《なにゆえ》にその仮説に至ったのか、甲山の思考の経路が読めないせいかもしれない。

那智の言葉が、甲山の熱に浮かされたような説に水を差した。

「失礼ですが、その説はすでに論文に？」

「もちろん、起こしたよ。すでに専門誌に送ってある。どうかね蓮丈君、きみはこの説をどう思う」

「非常に、奇抜な話ですね。多少の論証は必要でしょうが」

「もちろん！　それはわたしの論文を読んだうえで十分に検証してみてほしい」

すべてを語り終えると、甲山は意気揚々とホテルに帰っていった。

夜遅く、とりあえず日付をまたがない時刻に、ためらいながら内藤は蓮丈那智の部屋のドアをノックした。すぐに「はい」と返事があり、名前を名乗ると「どうぞ、開いているから」と那智の声がした。

部屋に入ると、すぐにバスローブ姿の那智の姿が目に飛び込んできた。これまで、一度も見たことのない一面を見たようで、内藤は回れ右をしようとした。

鼻孔が、甘さと鋭さを兼ね備えた香りを感じ取った。たぶん、いつものマティーニ・オンザロックスを飲んでいたのだろう。こうしてフィールドワークに出かけるとき、那智のバッグには常に二本のステンレスボトルが入っている。一つがタンカレーのジン、一つがノイリー・プラットのベルモットだ。二つをブレンドした褐色のマティーニを、なによりも那智は好む。

「すみません。明日にします」

「いいんだ。なにか話したいことがあったのだろう」

「はあ、ですが」

「民俗学者に必要なのは迅速な行動と」

大胆な仮説であるというのが、彼女の口癖である。そこで目を床に落とし、なるべく那智を見ないようにして、内藤は口を開いた。

「先生は先程の甲山教授の説、どう思われました」

「内藤君はどうだい？」

「釈然としません。内容的にどこがおかしいと指摘できないのですが」

那智の唇が「ミクニ」と動かされた。背中を狂おしい感情が走る。脳の一部から刺激物質が弾《はじ》けるように散って、背骨を伝う。そんな気がした。

「きみはとても大切なことを見落としているよ。だから彼の考えに同調できないでいる。たぶん甲山教授もわたしと同じことに気づいたはずだ。だからこそあの仮説が生まれた。つまり、面の根源とはなにか」

新幹線で語った言葉を那智は繰り返した。

「面の根源ですか。それはつまり化身の道具であると……」

「化身するためにはどうしなければならない」

内藤は、あっと息を呑《の》んだ。

――オレハ大馬鹿モノダ……。

「あの面は着けることができない。紐《ひも》を通す穴もなければ、内側に《くわえ》もない！」

人が面を着けるためには、紐を使って頭の後ろで固定するか、内側に作られた《くわえ》を口にくわえるしかない。にもかかわらず、現存する凶笑面には、そのような仕組みが何一つとしてないことを、内藤は見落としていた。

那智が静かに、けれどはっきりと宣言した。

「甲山説に賛成する気などないが……わたしなりの仮説はある。着けることを目的としない面。そんな面をわたしは一つしか知らない」

「…………」

「つまりは……デスマスク」

4

「H村周辺に、蘇民将来《そみんしょうらい》系の伝説が残っていないか、調べてほしい」

この日、朝一番で蓮丈那智に命じられた内藤は、県立図書館の文書資料室、役場の観光課、地元史家のもとなどをつぎつぎと調べて回った。

蘇民将来の伝説は全国に散らばり、しばしばスサノオの放浪譚《ほうろうたん》と混同される。曰《いわ》く、放浪神である蘇民将来は、一夜の宿を乞《こ》うがどこの家でも断られてしまう。一軒の家のみが蘇民将来を歓待し、ゆえにその後、家は繁栄する。あるいは疫病が流行《はや》った年も、その家のみが殃禍《おうか》から逃れることができる。

谷山家に戻ったのは、午後六時すぎのことだ。

安久津圭吾の遺体が、谷山家の蔵で発見されて三日が経《た》っている。連日捜査員がやってきて聞き込み捜査を行なっているが、進展はあまりないようだと内藤は見ている。居間に入ると捜査員が三人、谷山玲子を取り囲む形で座っているのが見えた。内藤の姿を認めるや、介添え人の服部ヨリエが駆け寄ってきた。

「あの、蓮丈先生は、どちらに」

「どうしたのです。なにがあったのですか」

「蓮丈先生はどちらにおられるのでしょうか」

遺体が発見されたとき、那智は警察に同行を求められた谷山玲子を救う形で、事件の謎の一端を解明してみせた。以来、那智や内藤を見る目がどことなくうさん臭げだった服部ヨリエの態度が、一変した。ことに那智に対する態度は、ほとんど信仰に近いものがある。

那智は別の調べものがあるとかで、朝、別れたきりである。

「あの、警察のかたが、玲子さまを署に連行すると」

「連行?」

同行ではないのか。内藤が捜査員のひとりに、「なにがあったのですか」と聞くと、ひどく不機嫌そうな声が返ってきた。

「連行じゃないよ。重要参考人として、出頭願っているんだ」

「重要参考人ですって？　じゃあ、出頭を断れば逮捕状を出すってことじゃないですか」

「場合によっては、な。そんな剣呑《けんのん》な真似をしたくないから、平和裏に出頭をお願いしているんだが、なかなかうんといってくれない」

内藤は言葉の裏に、あなたからも説得してくれないかという響きを感じ取った。

「だって、なにも説明してくれないじゃないですか」

玲子が、何度も繰り返したであろう言葉を捜査員に投げかける。

「だから、署のほうで説明すると」

「まず、ここで説明してください。もしかしたらすぐにお答えできるかもしれない」

「だから！」

捜査員と玲子の間に、内藤は割って入った。

「すみません。重要参考人ということは、なにか別の証拠が出てきたということですか」

「…………」

「鍵《かぎ》の件はどうなったのですか。安久津が蔵の鍵の複製を作ったのではないかという話は」

捜査員が顔を見合わせ、仕方がないなといいたげにうなずいた。

「あんたのところの先生がいったとおりだった。奴は東京で鍵の複製を作っていた。鋳物《いもの》職人の証言も取ったよ」

だったらどうして玲子が重要参考人として出頭しなければならないのか。その質問をしようとして、内藤ははっと息を呑んだ。安久津のような人間が、無事合鍵を作ったのちにやることは一つしかない。

「安久津圭吾は、蔵のなかの品物をひそかに持ち出していたのですね」

声の主は、蓮丈那智だった。

「先生！　どこにいっていたんですか」

「ん？　実は谷山尚典氏について調べていたんだ。実に興味深い人物だった。彼は東京医学校の卒業生だよ」

「東京医学校というと、現在の東大医学部ですか」

「そう。神仏の類《たぐい》を一切信じなかったのは、そのせいかもしれない」

二人の会話に焦《じ》れたのか、捜査員が「ご同道願えますね」と、玲子を促した。その声を聞き、那智が「お待ちなさい」と、行く手を遮った。

「安久津圭吾は、どのような品物を持ち出していたのです？」

「古伊万里《こいまり》の皿を二点です。直径が七十センチのものといいますから、かなりの大きさですね」

背後で、服部ヨリエが息を呑む音が聞こえた。「あれは正月料理用の大皿」と言葉を続けたのは、玲子だった。

「ずいぶんと高いのでしょうなあ」

「なかなか狸ぶりが堂に入《い》っていますよ。刑事さん、すでにいくらで売り買いされたか、調べはついているのでしょう」

蓮丈那智の言葉に、三人の捜査員が同時に頭を掻《か》いた。

「七十センチの古伊万里の皿が二枚……ですか。たぶん千五百ほどですか」

「千六百でした。これだけの品物を盗まれたとなると、谷山玲子氏には強力な動機が生まれます」

「それだけではありませんね。重要参考人というのは、もっと犯人に近い何事かがなければ、頼んでも指名してくれないポストでしょう」

那智の言葉のなかに強烈な皮肉を感じ取ったのか、三人の捜査員は表情を引き締め、唇を嚙《か》んだ。が、それも一瞬のことで、自らの強面《こわもて》が、この女性学者になんら影響を与えないとわかるや、また頭を掻きはじめた。

「かないませんなあ。もしかしたら学者よりも警察官にむいているかもしれない」

「お褒めいただいてありがとうございます」

那智がぴしゃりというと警察官は首をすくめた。その様子を玲子とヨリエが、いかにも胸のつかえが取れたような表情で見ている。

「実はですね。こんなことを考えた男がいるのですよ。どうして犯人はビー玉の入ったガラスビンなどで、安久津氏を殺害したのだろうか、と」

「たしかに、凶器にするのであれば、蔵にはもっと適切なものが数多くありますね。先ほど話に登場した谷山尚典氏ですが、彼が医学校で使った薬研《やげん》などは、重さも形も凶器として手ごろでしょう」

「樫《かし》の木でできた杵《きね》もありましたよ」

「そういうことですか。つまり犯人が蔵の二階部からガラスビンを落として安久津圭吾を殺害したのは、そうせざるをえなかったからだ、と考えたのですね」

たとえば足が不自由で常に杖《つえ》を持っており、両手を使って凶器を振り上げることのできなかった人物、である。それを口に出さなかったのは、那智の思いやりであるに違いない。玲子の表情を盗み見ると、頬を紙色にして震えている。警察官のひとりが続けた。

「まだあります。床に散らばった無数のビー玉は、ベアリングのボールの役目をはたすことができます」

「つまり、遺体を移動させるための道具として、ですか」

「安久津氏は巨漢です。が、普通の人が動かせないほどではない。けれど足が不自由であれば、遺体を移動させるためにはどうしても補助具が必要になります」

「けれど、現実には蔵から遺体は移動していませんよ」

「その痕跡《こんせき》があるのです。遺体の傍に気持ちの悪い面の写真が落ちていたことは？」

「島根文理大学の甲山教授から聞きました」

「その表面に、明らかにビー玉で強く擦《こす》ったようなあとがついていたのですよ」

「ですが、遺体を移動させて、どのようなメリットがあるのです」

「そこなんです。そこのところを詳しく谷山玲子氏にお聞きしたかったのですよ」

ようやく、刑事の顔に余裕の笑みが浮かんだ。

だが、結果として玲子が警察に出頭することはなかった。

渋る警察官を、無理遣《や》り納得させて帰したのは、やはり那智だった。なぜ、遺体を移動させようとしたのか。その理由があるなら、なぜ最後まで遂行しなかったのか。最後にそれが証明されないかぎり、重要参考人として出頭するわけにはいかない。

「重要参考人として出頭させさえすれば、自供を引き出せると思っておいでのようだが、そんなことで裁判は維持できませんよ」と那智が言い放つと、警察官は顔色を変えた。しまいには逮捕状の請求までちらつかせたが、結局、この女性学者の意を翻させることができないとわかると、引き上げていった。

「大丈夫でしょうか」

と聞いたのは、ヨリエだった。

「心配いりませんよ。あの程度の推測で逮捕状が出たら、警察署の留置場はたちまちパンクです」

那智が、さして面白くもなさそうに答えると、ヨリエはすぐに玲子を自室まで送り届けて、自分は台所に向かった。

内藤と那智は、玲子に会いにいった。

「もし疲れていなければ、面の話をしたいのだけれど」

すると、玲子は頰にぱっと喜色を浮かべて、二人を招き入れた。もし、事件さえなければもっと早くにこのような機会がもてるはずだった。きっと玲子は、那智と民俗学の話をすることを、なによりも楽しみにしていたはずだ。

「なにか、わかりましたか?」

「そうですね、色々と。わたしが今、注目しているポイントがわかりますか」

「たぶん、谷山尚典《たにやまなおのり》のことでしょう。どうして、彼があらかじめ権現《ごんげん》の社《やしろ》にあった面に、あんなでたらめな箱書きを付けたのか」

「Aプラス。その気があるなら、いつでも研究室をたずねてください。その場で助手として雇い入れましょう」

内藤には、那智の言葉が本音なのかあるいは単なる気遣いなのか、判断できなかった。

わかっていることは、玲子が研究室にやってくれば、自分の居場所がなくなるということである。ひどく情けない気分になった。

「ではここで、尚典氏の思考の軌跡をたどることにしましょう。まず彼はどのような人物であったでしょうか」

「東京医学校を出ているくらいですから、かなり合理的というか、冷静な判断ができる人であったと思います」

那智はうなずき、そして凶笑面にはそれを顔に着けるための仕組みが一切ないことを伝えた。そのような面がデスマスク以外にありえないことを告げると、玲子の肩がぴくりと震えた。

——今回は傍観者だな、自分は。

内藤はますます不安な気持ちで二人の会話を聞くことになった。

「たぶん、尚典氏も同じことを考えたはずです。いえ、医者の勉強をした彼は、もっと突っ込んだ見解を得ることができたでしょう」

「でも先生。あんなに気持ちの悪い笑顔のデスマスクなんて、ありえますか。デスマスクというかぎりは死に顔なのでしょう」

「たとえば」と、那智がメモ用紙に『$C_{21}H_{26}N_2O_3$』という化学式を書いた。

「これはヨヒンベという植物の樹皮を精製して作られるある薬品です。アルカロイドのひとつで薬品名はヨヒンビン。うら若い女性の前で口にする名前ではないのですが、非常に強力な強精剤です」

「はあ」

「植物のなかには猛毒をもつもの、薬になるものがあるのですが、その最たるものがアルカロイド系の成分なのです。これは使いようによっては薬となりますが、量を間違えると強力な神経毒素となるのです。もしかしたら、こうした毒素を大量に呑《の》ませると、あんな死に顔になるのかもしれませんね」

いい終えると、那智が突然ふりかえって内藤を見た。

「なっ、なんでしょうか」

「なんでしょうかはないでしょう。調べるよう頼んでおいたことは？」

「ああ、蘇民将来ですね。たしかに似た話があります。放浪中の客神《きゃくじん》に親切にすることで、家が栄えるという、典型的な話です」

「そう、やっぱり」

那智が眉《まゆ》の根を吊《つ》り上《あ》げて、しばらく沈黙した。

「先生、その蘇民将来って……」

「ああ、それならぼくが説明します。民俗学における常民《じょうみん》と異人《マレビト》という関係については?」

「少しだけなら」

「簡単にいうなら、常民とはある境界線のなかに住む人々です。道や、山や、谷や、人はあらゆるものをもちいて境界線を作り、そのなかに集落を作って生きようとします。物質的なものばかりではありません。人は精神の面でも境界線を作ります。これが常民です。そして境界線があるかぎり、そこは別世界からの来訪者が訪れる場所でもあるわけです。この来訪者が異人です」

蘇民将来の話は、典型的な異人との遭遇伝説である。また別の意味で異人(来訪神)と接触をもつのが、祭祀《さいし》の本来の意味であり、芸能がそこに端を発しているという折口説を説明すると、玲子はいちいちうなずいた。たまに那智に代わって講義を受けもつことがあるが、そこの大学生に比べてずっと熱心である。

その時、那智が口を開いた。

「蘇民将来系の伝説は、異人遭遇伝説のプラス面の話です。表の話といってもいい。けれどそうしたものの背後には、ほとんどの場合、裏のバージョンが隠されているのですよ。これは、異人殺しのフォークロアといってもよいのだけれど。

たとえば東日本のある地方には、十二人の六部《ろくぶ》を殺害し、その金を奪って沼に遺体を沈めた話が残っています。その後、殺害者の家には視覚障害のこどもが多く生まれたという因果応報譚《たん》になっているのだけれど。この手の話は全国にある」

「ひどい話！」

「たしかにひどい。あるいは単なる噂で、本当にあったことではないかもしれない。でも大切なのは真実か否《いな》かではなく、日本のあらゆる地方に、こうしたことが起こりえても不思議ではない土壌が、たしかに存在するということなの。異人との遭遇とは、すなわちそうした事実を隠蔽《いんぺい》するためのカムフラージュかもしれない、ということをわたしたちは忘れてはいけない」

「あの……もしかしたら凶笑面は」

「少なくとも、谷山尚典氏は同じことを考えたはずです。だからありもしない怨霊譚《おんりょう》をでっちあげた。いっそ面を壊してしまえばよかったのだけれど、そうするには惜しい出来栄えだったからかもしれない」

そうか、と内藤は思った。「行商長者の話ですね！」と声にすると、那智が笑うこともなく、うなずいた。

「どうして行商の若者は庄屋《しょうや》の家に養子入りすることができたのか。その後、彼は灌漑《がい》《かん》事業を起こすけれど、その莫大《ばくだい》な費用はどこから持ってきたのか」

たぶんこうしたことが行なわれたのだ。行商の若者は、庄屋の家に宿泊した夜に、主人からある薬の注文を受ける。日頃は持ち歩いていないか、あるとしてもくれぐれも悪用をしないように因果を含めたうえでないと、売り渡せない劇薬がある。その時彼は思ったのだ。この人は薬をなにに使うのだろうか、と。

蓮丈那智の説明が続く。

「やがて彼は、庄屋の家に泊まった客で行方がわからなくなったものがいることを知る。客はとんでもない大金を持ち歩いていた。若者は客の人相を聞きだし、彫り師を使って死に際の顔を再現したのね。もちろん、庄屋に送り届け、養子として谷山家に入るために。面は、その後も若者の切札として、長く社に保管されていた」

「そんな……わたしの先祖が人殺しだなんて」

「さっきも話したように、こうしたことはどこの地方でも行なわれてきたことです。異人殺しは許されることではないけれど、逆にいえば、境界線の外から訪れるものは吉凶半々といっていい。なかには常民に災いなす異人もいたはずだ。それに若者は庄屋が奪った大金を使い、灌漑事業を成功させている。それだけで、贖罪《しょくざい》はなされたと彼は考えたにちがいない」

いつまでも複雑な表情を崩さない玲子をそのままに、二人は部屋を出た。日もすっかり落ちたというのに、むっとするほどの熱気が、変わりなく身体《からだ》にまとわりつく。それでも平然としている蓮丈那智を見て、内藤は思った。

——やはり変温動物?……まさかね。

「紛れもない人間だよ」

「ひっ！」

無表情に那智がいうと、超常現象じみた迫力があった。

「あっ、あとは喜人面の謎ですね」

「そんなものはとっくに解けている」

歩きだす蓮丈那智のあとを、内藤は追いかけた。

5

「だったら、喜人面のことはどうなる！　どう説明する」

甲山博が、那智の凶笑面に関する説明を聞くなり喚《わめ》きだした。無理もない。せっかく二つの面をキーワードに、宗教の原点を探る論文を仕立てあげたのだ。無論、彼女の言葉一つでテーマを手放す気などないはずだ。手を替え品を替え、一つの学派を作り上げるまで、論文発表は続けられる。その夢が、いとも簡単に踏み躙《にじ》られようとしている。

が、蓮丈那智は暴風雨のような甲山の罵声《ばせい》を簡単に受け流して、

「その件に関しては、わたしよりも甲山先生のほうがよくご存じでしょう」

「どういうことだ！」

那智が声をひそめ、甲山の耳元でささやく声は、内藤の下にもはっきりと届いた。

「うまく考えましたね。写真のオリジナルを隠すには、あの方法が一番です」

それがなにを意味するものなのか、内藤にはわからなかった。が、甲山の表情の変化を見れば、那智の出した結論は明らかである。

「安久津圭吾を殺害したのはあなたです。御自分の論文を守るために。違いますか？」

「証拠がない！」

「簡単です。現在警察に証拠物件として保管されている、喜人面のオリジナル写真がはたして本当に古写真であるのか、あるいは現在の写真に単なる古色を付けたものなのか、科学捜査研究所ならば簡単にわかるでしょう」

甲山の顔色が再び変わり「やめてくれ、それだけは」と、小さな声をだし首《こうべ》を垂れた。次いで、ソファーに崩れるように座り込んで、うめき声をあげた。


ペンションで、マティーニ・オンザロックスを飲みながら、内藤は那智の説明を待った。ジンがベースのカクテルであるから、相当にアルコールの度数が高い。それを清涼飲料水のように飲み干し、那智が口を開いた。

「あの写真は、安久津圭吾がわたしたちをはめるために作った偽物《ぎぶつ》だ」

「でも、どうしてそんな真似を」

「さあ、それは安久津にしか説明はできないけれど……たぶん、自分の商売にあれこれ文句をつける、わたしたち学者をからかってみたかったのだろう」

なるほどと思った。ことにこの異端の民俗学者は、何度か安久津の偽物を暴いて、商売の邪魔をしている。彼にしてみれば、天敵のようなものだったかもしれない。同じく甲山も、である。

「計画では、わたしの調査の結果が出た時点で、写真がただの偽物であることを公表するつもりではなかったのかな。たとえどれほどの発想の飛躍を試み、仕上げた論文であっても、喜人面の存在そのものが幻であれば、論文としての価値はない。わたしと甲山の評価が地に落ちたのを見て、おいしい酒を飲むつもりだったのだろう」

「ところが、手違いが生じた、ですか」

「うん。なにかの間違いが起きて、写真が偽物であることを甲山は知ってしまった。それであの事件が起きたんだ」

「でも、なぜ蔵のなかで？　危険すぎやしませんか」

「どうして。鍵《かぎ》は安久津が持っている。しかもどんな犯罪を犯しても外に音が漏れる心配もなければ、目撃者が生まれる心配もない。真っ先に疑われるのは玲子さんだ。

これほどすばらしい犯行現場が、ほかにある？」

「事実、警察は玲子さんに疑いの目を向けましたものねえ」

蓮丈那智さえいなければ、との言葉はお世辞に聞こえるのが嫌でやめた。

「じゃあ、ビー玉を入れたガラスビンが凶器というのも」

「それには、もう少し面白い情報がある。実はビー玉をベアリングのボールの代わりにするという発想ね、あれを聞いたときに、警察官が考えたものじゃないなとは感じていたんだ。だって発想が大胆すぎるもの。そこで警察に電話をして、例の刑事を問い詰めてみた。そしたら案の定、匿名の手紙が届いていたそうだ」

「それも甲山……ですか」

「他にいないだろう。遺体移動用にビー玉が使われたと仮想すると、理由はともかく、そうしなければならない人間はかなり限定される。それに、二階部に置いてあったガラスビンを凶器にして落とすという殺害方法によっても、やはり疑惑のベクトルは玲子さんに向けられる。なにもかもが計算し尽くされたようだけど」

そう。甲山の本当の狙いは別にあったのだ。写真が偽物であったことを知っている安久津の口を塞《ふさ》ぐと同時に、写真そのものを消してしまう必要があったのだ。かといって、本当に消してしまったのでは、なにかの拍子に自分に疑いの目が向けられるかもしれない。そこで彼はすばらしい方法を思いついたのである。ビー玉の下に写真を置き、わずかに遺体を移動してみせた。その痕跡《こんせき》を残すことで、写真そのものを証拠物件にしてしまったのだ。まさか殺人事件の重要な証拠に、それが本物の古写真であるか偽物であるかという鑑定は行なわれない。永遠に、喜人面の存在の有無に注目する人間はいなくなる。

——蓮丈那智さえ、いなければ。

今頃甲山は、安久津を恨んでいるだろうか、それとも蓮丈那智を恨んでいるだろうかと、内藤はふと思った。たぶん両方であるに違いない。彼はどうしても自分の論文を守りたかった。いや、今回のテーマそのものを、質《たち》のよくないジョークにしてしまうことができなかったのだ。研究者という生きものは、しばしばそうしたときに常軌を逸した行動を取るものらしい。

「先生は、今回の凶笑面について、どうされるおつもりですか」

「本来なら、内藤君の論文に組み入れることをすすめるのだけれど」

その時になってはじめて、那智の表情に戸惑いらしきものが浮かんだ。それを見ただけでも十分ではないかという声を、身体《からだ》の奥深いところでたしかに聞いた気がした。

「谷山玲子さんですか」

「うん。彼女、本気で民俗学を学びなおしてみる気らしい。だったらそのきっかけにしてあげたい気がしてね」

「新進気鋭の民俗学徒へのはなむけですか」

「きみにはすまないとは思う」

「いいですよ。ただし、今回の調査ではなんの成果もあがらないことが確定しましたから、教務への言い訳は先生自らお願いしますよ」

狐目《きつねめ》の担当者の顔を思い浮かべると、わずかに胃が痛んだ。

「そういえば、一つわからないことが」

「なに？」

「喜人面ですよ。写真を撮ったくらいですから、実物を作ったのでしょう。どうしてそれを出さなかったのでしょうか、安久津は」

あるいは、甲山に喜人面の発見情報を流した時は、完全な偽物を作る時間がなかったのかもしれない。

——いや、現物の発見はあとでもいいのだから、話の辻褄《つじつま》が合わない。

写真よりも、現物の偽物《ぎぶつ》のほうがインパクトがあるのは自明の理だ。

「やはり現物では偽物と見破られる可能性が高いからでしょうか」

「まさか。偽物に関しては、安久津はプロフェッショナルだよ。理由はもっと簡単」

「というと？」

「喜人面の現物なんてものは存在していないんだ」

「でも写真が……」

「能で使われる面は、どうやって表情を出すのかな」

「それは光をあてる角度を調整して、その陰影で……あっ！」

那智が二杯目のマティーニに口をつけ、

「凶笑面は、どの角度から光をあてても陰影ができ、それが不気味な印象を与えるわ。でも、仮に人工的な光を、あらゆる角度から同時にあてたとしたら」

内藤の頭のなかに、陰影をすべて消した凶笑面があった。いや、喜人面である。

「いつからわかっていたのですか」

「見た瞬間」

「すると甲山が犯人であるということは？」

「彼のアダム&イブ説を聞き、その論文をすでに学会誌に送ってしまったと聞いたときには、ね」

捜査員のひとりが「学者よりも警察官にむいているかもしれない」といったことを思い出し、内藤はひそかに苦笑いした。

不帰屋
かえらずのや

1

一杯のコーヒーが、ため息《いき》めいたものを生み出した。伸びのついでに大きな欠伸《あくび》で顔の筋肉までも引き伸ばし、内藤三國は作業を中断した。

蓮丈那智が約半年にわたってコンピュータで書き散らかしたファイルを整理するのに、丸三日かかっていた。日頃緻密《ちみつ》な思考で内藤を圧倒する那智だが、こと文章のファイルづくりとなると、出鱈目《でたらめ》もはなはだしい。ファイルはすべて月単位で作成されているのみで、項目別、系統別に整理されているということはまずない。それはすべて助手である内藤三國の作業領域である。緻密《ちみつ》と粗雑《そざつ》は対極をなす意味の言葉ではあるが、どうやらひとりの人間の内に同居することは、意外に簡単なことであるらしい。いくつかのファイルを同時に画面上に開き、その一つ一つの内容を、別のファイルにメモしておく。この時に通し番号を打っておいて、いったんプリントアウトするのである。これが整理するうえでのインデックスになる。次にメモを見ながらファイルのなかの文章を開けてゆき、インデックス上の通し番号を内容に即して打ってゆく。インデックス上にないものについては、新たに通し番号を与える。一見無駄の多い作業方法に思えるが、さまざまなやり方を試みた後に、この方法にたどり着いた。

蓮丈那智という学者の脳細胞は常人と基本の性能が異なるのか、複数の案件を同時に思考し、処理する能力をもっている。コンピュータが備えるファイル分類機能では、とてもではないが追いつかない。一度、専門用語と固有名詞のそれぞれを検索用語とし、ファイルを自動的に分類しようとしたことがあった。たしかに作業的には成功したが、いざファイルを開いてみると、那智の作ったメモのほとんどがその項目に含まれていた。別のファイルを開いても結果は同じ。

私立東敬《とうけい》大学の助教授として、週八コマの授業を受けもつ那智は、

「民俗学とは、すなわち広大無辺の情報の海から、任意に取り出した項目を系統学の思想をもって整理し、推理する学問である」

そう語るが、実のところ民俗学とは未《いま》だはっきりとした系統をもたない学問であるということを、このファイル整理作業が物語っていた。

——それももうすぐ完了だ。

時計を見ると、すでに午前二時を回っていた。午後の天気予報で告げていたように、三月にしてはめずらしい雪が降っている。窓の外の闇のほんの一握り、研究室の明かりが照らす空間に、無数の雪片が躍っているのが見えた。残りの作業をすべて終えて、

明日の午前中を休むか、あるいはここでいったん打ち切り、明日の朝からまた作業に取りかかるか、迷っていた内藤の背中を天候が押した。この天気ではとてもアパートまで帰ることができそうにない。作業を続けることにした。その前に、新たなコーヒーが飲みたかった。いったんファイルを閉じようとして、マウスをクリックし損ねた拍子に、どこをどう動かしてしまったものだか、画面上にまったく別のファイルが現われた。

《不帰屋（かえらずのや）》

ファイル名を読んだ瞬間に、内藤の奥深いところに形容しがたい苦いものが流れた。

——……!!

「先生、こんなところにしまいこんでいたのか」

蓮丈那智の研究室のコンピュータには、研究テーマとして追究しながら、途中で投げ出さざるをえなかったいくつかのファイルがある。いずれも調査の過程で現実の事件に巻き込まれたために、公表の中断を余儀なくされた内容が含まれているためだ。その、原点となったのが《不帰屋》ファイルであった。

——もう二年前になる。

迷った末にファイルを開くと、

「某村にての聞き取り調査概略。

そもそも女人《にょにん》は仏教文化の伝来とともに不浄の象徴とされたが、さらに古い伝承を探れば、そこでは豊穣《ほうじょう》と生産の象徴とされる時代が存在していた。ふたつの観念は時代のいずれかの地点で交合し、変質し、入れ替わる瞬間をもたなければならない。それをきわめて観念的にとらえ、表現したのは江戸時代の狂言作者である、近松門左衛《もんざえ》門《もん》であったと思われる。そこで今回の調査では《女の家》をメインテーマに、ある村での聞き取り調査から原始宗教の有り様のひとつの事例を考察してみたい」

という趣旨説明の文章が目に入った。

——このファイルのことは忘れなければならない。したがってこれ以上見てはいけない。

そう思いながらも、内藤はマウスを動かす手を止めることができなかった。

「やはり、蓮丈先生は解決していたんですね、なにもかも」

我知らず、そんな言葉が漏れだした。原稿用紙にして八十枚あまりの論文で、蓮丈那智はある村の遺物と祭礼を取り上げ、《女の家》についてのひとつの考察を試みていた。民俗学が決定的な答えをもたない学問であるという前提さえなければ、これこそが定説になり得るといってもよい完成度であることは、内藤にもすぐわかった。

けれど蓮丈那智は最後の部分で論をぼかしている。

それどころか、村がどこに位置するのか、そのデータ部分をそっくり抜かしている。

これは論文としては致命的な欠陥である。他者による検証を否定した論文など、学界で認められるわけがない。いかに学界で異端視されているとはいえ、それを知らない那智ではない。すなわち、この論文はどこにも発表しないことを前提に、

——自己完結のみを目的に書かれた論文なんだ。

敢《あ》えて《不帰屋《かえらずのや》》などとつけたファイル名からも那智の意図するところが読める。もちろん、内藤三國は村がどこにあるかを知っている。当時、助手としてその村に同行したのは、他ならない内藤である。そこで起きた事件も、経緯も、結果も、彼の耳目《じもく》は正確に記憶している。ただひとつ、

——動機を除いては。

事件はちょうど二年前、東北のある村で起きた。

一月の半ばを過ぎた頃。内藤は研究室でいきなりこう問われた。

「近松門左衛門の『女殺 油 地獄《おんなころしあぶらのじごく》』を読んだことは？」

蓮丈那智が、場所と時とを一切考慮せず、こうした質問をすることは珍しくない。

「ええ」と内藤は答えたが、別に常に答えを用意する必要がないのは、それまでの経験からわかっていた。那智の質問は、いつだって自分自身への問いかけにすぎない。そこに内藤がいなければ、入り口横のコーヒーメーカーを相手にしたって、いっこう

にかまわないはずである。それでも、

『嫁入り先は夫の家、里の棲《す》み処《か》も親の家、鏡の家の家ならで、家といふものなけれども、誰《た》が世に許し定めけん、五月五日の一夜《ひとよ》さを女の家といふぞかし』の、あの

『女殺油地獄』ですか」

と応《こた》えたのは、この一節を柳田国男も折口信夫《おりくちしのぶ》も、自分の論文で取り上げているからである。蓮丈那智が珍しいことに小さく手を打ち、中性めいた美貌《びぼう》の片隅に笑みらしきものまで浮かべて「すばらしい」と唇を動かすと同時に、内藤の胸には暗雲が垂れ籠《こ》めはじめた。那智の唇が次の言葉を編む前に慌てて、

「待ってください。お願いですから待ってください」

内藤は研究室の主《あるじ》の言動を、精一杯の努力をもって抑えようとした。それがいかに無駄な試みであるかは知ったうえで、それでも内藤は今しも暴走しようとする那智を抑えるべく言葉を選んだ。

「先生、まだ卒業試験の採点が済んでいませんし、それに来年度のカリキュラムを早めに作って、教務部にレジュメを提出しなければなりません。レジュメを提出しなければ研究費の予算を組むこともできませんし、ひいてはわたしの給料もですねえ」

ほんの数日前、卒業試験が終了した。那智の講義を受講した学生数七十二名。必修科目ではないとはいえ、学生の多くが、卒業単位のひとつとして講義を受講している。

長く続く不況にプラスして、四年制の文系学部の就職率が絶望的であったとしても、無事就職の内定をもらっている学生も少なからずいる。

彼らにたいして蓮丈那智が与えたのは、

『大阪における中流の、四人家族を想定する。

ある朝のこと、家の主人はすでに出勤。ぎりぎりの時間に目を覚ましたこの家の息子——推定高校一年生——が、食卓に納豆を発見した。納豆嫌いの高校生は激怒し、母親に向かって食卓を引っ繰り返して家出をした。

これは関西、特に大阪を中心として語られることの多い逸話である。がしかし、現実的に、こうしたことが頻繁に行なわれるとは考えがたい。とするなら、この物語はごく限られた地域におけるステレオタイプの都市伝説であると推察することができる。では民俗学的なアプローチを用いて、この都市伝説を分析せよ』

いったいだれがこのような設問を想定するだろうか。いくら那智が日頃から「民俗学に必要なのはフィールドワークと想像力である」と説こうとも、それを完璧《かんぺき》に理解する学生はごく稀《まれ》である。彼らが制限時間内で苦吟し、怨嗟《えんさ》のかぎりを込めた——にちがいない——答案用紙が、試験日から数日過ぎてもなお、那智のデスクのうえに山積みになっている。

「絶対に、ぼくは採点をしませんからね」

内藤は悲壮な決意を胸にそう宣言した。すると那智は怪訝《けげん》そうに顔を傾け、無言のうちに「なぜ?」と声にしない言葉を投げかける。冷徹そのものの研究者としての那智も十分に苦手だが、内藤は彼女が何気なく作る表情に恐怖さえ覚えることがある。

案の定、

「内藤君なら、あの問題に、どのような考察を試みる?」

「そっ、それはですね。たとえば関西圏で納豆はあまり食卓に上る材料ではありませんから、《マイナス材料》という記号を与えることができるでしょう。それが食卓に現実に並ぶとすれば、現象的に《理不尽》という記号を、さらにそれを行なうのが母親であるとすれば、母親は《理不尽の執行者》と記号付けると、大阪における親子関係を図式化できるかもしれませんね。さらにいえば、大阪型の笑いは理不尽形態がよく見られますから……」

そこまでいって、内藤は那智に乗せられた自分の愚かさを悟った。

「Aプラス。ある種の答えとしては、おもしろい。ただし他のアプローチもあるかもしれないから、それを考慮しておいて」

那智の声が勝利者の宣言に聞こえた。採点役を買って出てしまったのだ。

「つまり、自分なりのアプローチがあれば、評価Cは与えるということですね」

腹を括《くく》るしかない。評価Cは合格最低点である。

「そうね、最低三百字程度を基準にして。評価A、評価Bについては一任する。趣味で選んでよし」

「美人女子学生を優遇してもかまいませんか」

「利用できる立場はすべて利用する。それは研究者として優秀な証《あかし》、だ」

さらに那智は容赦なく、

「文学部の予備予算が余っていただろう。三月に民俗調査に出かけるから、早めに申請しておいて。とくに西洋史関係の研究室が、海外調査の申請をするといけないから、できれば今日中に」

「来年度のレジュメはどうするんですか」

「さっき、わたしはきみになにを質問しただろうか」

「だから近松門左衛門の……ああそういうことですか。すると三月の民俗調査もその関連ですか」

柳田国男・折口信夫という民俗学の巨人が、二人して注目したのは『女殺油地獄』の一節にある《女の家》という言葉である。これは東北各地から関東にかけて、五月の節句の五日を女性が男性に向かって自由に命令のできる唯一の日と定めた習慣を考察したものだ。

「女三界《さんがい》に家なし」と呼ばれた時代にあって、ただ一日の解放日というべきかもしれない。ただし、女性蔑視《べっし》の思想には儒教の影響が多大であり、近世以前にもこの習慣があったことをとらえ「もともと日本は女性中心社会である。それを男性中心に見せかけているのは、女性がそのようにわざと機能しているからである。常に家内の出来事の中心は、女性。それを亭主関白に見せかけている女性たちの、機能確認の一日である」と解釈する社会学者もいる。別に異端の考え方ではない。柳田国男も、「祭事」と限定しつつも、同じような考えを述べているのである。

もっとも五月五日という日時には変形のパターンがいくつか在り、新嘗祭《にいなめさい》の夜——旧暦・十一月のなかの卯《う》の日——に行なう地方もあれば、三月三日に行なう地方もある。また男性に命令する一日ではなく、別の場所で女性だけで籠《こ》もるという習慣をもつところもある。

「たしか折口は、万葉の時代からこの習慣があると説いていますよね」

「万葉集の東歌《あずまうた》に、それらしい記述があるね」

本来東北から関東にかけての習慣を、関西の戯作者《げさくしゃ》である近松門左衛門までもが作品上に取り上げていることから、すでにその時代には関西にまでこの習慣が知れ渡っていたことがわかる。

「でもどうして《女の家》なんです。巨人二人が散々調べ尽くしたあとでは」

先程まで、うっすらと浮かべていた笑みが嘘であるかのように、蓮丈那智の表情が鋼鉄《はがね》の冷たさと硬さを帯びているのを見て、内藤は絶句した。学会においても、那智の発表の最中に野卑《やひ》な言葉が飛ぶことがままある。その研究内容の突飛さもさることながら、およそ場違いな那智の美貌に対し、世間慣れしていない他の学者はみな一様に対処方法を見失うためだと、内藤は思っている。そんなとき、脂ぎったジョークを飛ばした輩《やから》に対して那智は、容赦ない視線を浴びせかける。向こう一週間は夢に出てきて、自分を蔑《さげす》むかのような視線である。同じ視線が浴びせられる前に、「予算を申請してきます」といいおいて、内藤は研究室を出た。

——いつだって、これだもんなァ……。

恨みがましい言葉はすべて胸の奥深くにしまいこみ、ため息をひとつつく。すぐに教務部の狐目《きつねめ》の担当者の顔を思い浮かべて、内藤は鳩尾《みぞおち》のあたりに小さくて鋭い痛みを覚えた。

2

東北へと向かう新幹線の駅を降り、さらにいくつかの在来線を乗り継いでも目的の村には到着しなかった。駅で案内役を名乗る老人に那智と内藤は迎えられ、そこから車で一時間あまりの場所にF村があることを知った。すでに新幹線の車中で那智の口から、昨年の暮れに「護屋菊恵《もりや》」を名乗る女性から、民俗調査の依頼があったことを内藤は告げられている。その女性のことを、運転をしながら案内役の老人――坂本と名乗った――が「お嬢様」と呼んでいるのを聞いて、おぼろげながらF村の護屋家における人間関係がわかった気がした。ただし、「お嬢様」という言葉の響きには、なぜだか微《かす》かな非難の匂いがすることを内藤は聞き逃さなかった。

「それにしても、人里離れた村とはこういう場所のことをいうのですね」

東北地方の三月は、まだ雪の季節である。小雪がちらつき、なおかつ数十センチの積雪の残る山道を絶妙のテクニックで進んでゆく車中で、内藤の口から思わずそんな言葉が漏れた。

「交通の便の悪さは、民俗学にとって大きな味方となる。それにF村は、総世帯数三十の中規模の村だよ」

「ええっと、谷間《たにあい》に位置する水森地区と、平野部《へいやぶ》の田部《たべ》地区とに分かれているのでしたね」

すると運転席から「昔から、水争いもなにもない、平和な村ですよお」と、坂本老人の声が返ってきた。

「それは希有《けう》な例ですね」

農村地区における水争いは、すなわち生存権の争いでもある。内藤は那智に話を向けたのだが、なにを考えているのか、異端の民俗学者は車窓に自分の顔を映して眺めるばかりだ。ただ小さく「争う余地もないほどに、厳しい土地だったということ」と、吐きだした言葉がいつまでも耳に残った。

蓮丈那智の言葉は、F村の護屋家に到着するとすぐに実感として理解できた。周囲の民家とは離れた場所に位置し、ひときわ高い丘陵部にある護屋家からは村の様子が一望できる。前後左右を千メートルクラスの雪山に囲まれ、その背後には東北を背骨のように縦断する奥羽山脈《おううさんみゃく》がどっしりと根を降ろしている。箱庭を思わせる村のあちこちに、パッチワークさながらの田畑がちりばめられている。すでに雪が取りのぞかれているのは、今年の農作業が始まっているからだろう。水源は豊富な土地であるらしい。だが、その水源を十分に利用できるほどの田畑がないのである。ただし、それを単純に貧しいと判断するのは、物質文明に汚染された現代人の見方である。近世以前、日本のどこにもこうした村は存在した。そして「生きる」ことを最大限の喜びと感じるかぎり、そこは決して人の生き血を吸い取る不毛の大地ではなかったはずだ。幾度かは凶作の年もあっただろうが、ここで生きる喜びを覚えた人々の歴史の延長線上に、今が存在している。

那智の表情が、冷静さを保ちながらも微妙に変化していた。民俗学者としての嗅覚《きゅうかく》と好奇心が、センサーのレベルを最大限に引き上げて周囲を探っているにちがいなかった。ともすれば、人がいてもおかまいなしになる。小さく「不謹慎にならないように」と忠告したが、内藤の声が那智に届いた様子はなかった。まもなく「ようこそ」という声がして、二人を出迎える女性が玄関口に現われた。まずその声に記憶がくすぐられ、次に声の主の顔を見た途端に、内藤は自分の記憶と理性の接続地点を疑った。四十をいくつか過ぎたその女性に、

「わざわざ、遠い所まですみません。わたしが護屋菊恵です」

挨拶《あいさつ》されるに至って、内藤はますます混乱した。声の主を彼は知っていた。たぶん那智も知っているだろう。少なくとも、昼間のワイドショーを見たことのある人物なら、そのほとんどが彼女の顔を知っているはずだ。ただしその人物は「護屋菊恵」などという人物ではない。

「そうでしたか、宮崎きくえというのは、ペンネームだったのですね」

「最近ではその名のほうが通りがいいので、大学の講義も宮崎きくえで通していますから」

二人の会話から、日頃フェミニズムの提唱者としてテレビにも登場することの多い社会学者、宮崎きくえの本名が護屋菊恵だということがわかった。宮崎は蓮丈那智と同じく、独身だという話をどこかで聞いた記憶がある。

「まさか、あなたが調査の依頼人だったとは」

「わたし、日頃から蓮丈先生のご活躍ぶりには注目しておりましたのよ。いつかゆっくりとお話をしてみたいとも」

「あらゆるところでご活躍中の宮崎先生にそういわれると、恐縮です」

会話を聞きながら、内藤は二人の間に冷たい火花が散っていることを感じていた。

――なにか……その、勘違いしていませんかあ。

実のところ、蓮丈那智ほどフェミニズムから遠いところにいる学者はいない。同性でありながら、女性というものに対して一切の仮借《かしやく》を与えないばかりか、ちまたのブランド商品を愛《め》でるのと同じ感覚で民俗学を玩具《がんぐ》代わりに扱う女子学生には、例の鋼鉄《はがね》の視線を平然と投げかける。フェミニズムそのものに嫌悪感を抱いているのではないだろう。ただ、かつてのウーマンリブ運動が、やがて単なる男性優位社会への逆転運動に変質して消えていったのと同じ遺伝子を、現在のフェミニズムに見ているのかもしれない。いずれにせよ、時に傲慢《ごうまん》と呼ばれることさえ意に介しない蓮丈那智にとって、性差や年齢差など、障害のひとつに取り上げる価値もない、些細《ささい》な要素であることはたしかだ。精神的自立と経済的自立を謳《うた》うフェミニズムの提唱者と那智は、相反するばかりだろう。

気を取り直して改めて周囲を見渡すと、護屋邸はこの地方特有の雪に強い構造を有していることが外見からもわかる。藁葺《わらぶ》きの屋根は太平洋側の村落の建物に比べてずっと傾斜が鋭く、廂《ひさし》も長い。もう少し離れて眺めると、家屋全体をすっぽりと覆っているように見えることだろう。ただし、今回の調査目的は母屋《おもや》ではない。「さっそくですが、例の建物を見せていただけますか」という那智の声が合図となって、荷物を庭に面した縁側に置き、宮崎きくえの案内で二人は裏手に回った。

母屋から五メートルほど離れた一角に、離屋《はなれ》と思《おぼ》しき建物がある。映像を取り入れるとすぐに、脳の一部が分析をはじめる。そうしないといつ何時《なんどき》、那智の唇が質問を発するかわからない。ポケットから方位磁石を取り出したのは、方位学的に建築物を見るためである。それによって建築者の信仰、あるいは思想的な背骨を知ることができる。

茶室のにじり口をひと回り大きくした程度の入り口は北西に向いている。さらにいえば、入り口が小さいのは人の出入りを制限するという意味でもある。茶室に胎内回帰《たいないかいき》の思想があることはよく知られるが、それは出入りする人間の選別であると、意味を置き換えることができる。居住を目的とする離屋と明らかに印象が違うのは、

――壁面に窓がないせいだ。

では倉庫のようなものであるかというと、そうでもない。全体に粗雑な雰囲気が一切なく、むしろ細心の注意をもって建てられたことがひと目でわかるほどだ。なによりも、

──なんだ、この雰囲気は。

これまで触れたことのない、表現のしようのない空気を内藤は感じた。こんな時に「人の残留思念ですね」などといおうものなら、たちまち那智は氷点下の笑みを寄越《よこ》すにちがいない。だから、

「この建物は、悲しみに満ちていますね」という言葉が那智の口からこぼれたときには、わが耳を疑ったほどだ。宮崎がひどくそっけない声で、

「悲しみ……ですか。いえ、むしろ怨念《おんねん》でしょう」

との表現のほうが、よほど理性的に聞こえた。

狭い入り口から屋内に入ると、三尺四方《さんじやくしほう》の土間があり、そこから先はすべて板張の間になっていた。

──……………!

澱《よど》んだ匂いのない、清冽《せいれつ》そのものの冷気が鼻の奥を刺激する。

次に背筋に別の感覚が湧き上がった。よほど丹念に磨き込まれたのか、板の間は塗料を流したように黒光りしている。それが異様なのではなかった。中央には炉が切られている。それも異常ではない。ふりかえって土間の横に薪《まき》置きの木箱があることも、この地方では珍しい造りではない。

窓があった。

その造りが異常であることに気がつくまで、しばらくの間が必要であった。普通、窓は壁面の中心に作られるものではないか。ところがこの建物の窓は、入り口のちょうど対角線上、南東の位置に、しかも人の背丈の半分ほどの高さに作られているのである。構造的には窓というより、物などを渡すための差し入れ口に近い。そこまでは分析することができたが、内藤の理性の片隅に、それだけではないだろうとしきりと囁《ささや》く声があった。

「いかがですか」と宮崎。

「非常に興味深い建物ですね。ご当家にこの建物に関する資料は」

「神事を行なっていたと、母はいうのですが、それを証明するものはないそうです」

「たしかに。特別な目的のためだったことは明らかですね。しかし資料がなにもないというのは……」

那智の言葉に切れがないのも、もっともな話である。神事を行なっていたとすればその縁起なり記録なりが残っていなければならない。そうしたものが簡単に散逸する都市部とは違い、こうした閉鎖社会では保存性がきわめて高いのが普通である。那智の表情を読んだのか、宮崎きくえの唇の右端がクイと曲げられ、

「わたしには、わかっているつもりです。この部屋はかつて女性が屈辱の時代を送っていた頃の名残、忌まわしき遺物ではありませんか」

「不浄の間……だと？」

不浄の間とは、女性が生理の期間中、家族と隔離されて暮らす離屋《はなれ》のことである。

近松門左衛門の『女殺油地獄』には、実はもうひとつの寓意《ぐうい》が隠されているといわれる。そのタイトルが示すように、主人公の与兵衛が油屋の女房であるお吉をいたぶり殺すシーンがそれである。借金を断られ、お吉に殺意を抱いた与兵衛は、彼女を短刀で刺し殺す。己《おの》が血と、商売物の油に塗《まみ》れながらお吉はのたうち回り、また刺されて息絶える。延々二十分にもわたる凄惨《せいさん》な殺しの場で、見るものを圧倒する場面である。ここに近松は「元より女とは不浄な生き物。不浄な生き物なればこそ女は血と油に塗れて死なねばならぬ」というメッセージを隠しているというのである。

宮崎きくえの口調に、熱が籠《こ》もった。

「わたしは、これほど理不尽で身勝手な建物を知りません。どうして女性がそれほどまでに侮蔑《ぶべつ》を受けなければならないのでしょう。いつの時代もそうでした。江戸時代の三行半《みくだりはん》にせよ、子供が産めないことぐらいでどうして夫から離縁されなければならないのですか」

内藤は、那智の口からてっきり反論が飛び出すものと期待していた。が、那智は宮崎を正面に見据え、時折うなずくばかりだ。

――なにか、別のことを考えている。

それも、反論を忘れるほどに重要なことに向かって、那智の全脳細胞は動いているに違いない。

そもそも、女性を不浄の生き物とする考え方は《仏説大蔵正経《ぶっせつだいぞうしょうきょう》 血盆経《けつぼんきょう》》が説くところによる。出産や生理によって女性が流した血が大地を汚《けが》し、水を汚し、その大地で育てた穀物や、汚れた水でたてた茶を、僧侶《そうりょ》に供えることで大罪を犯すことになる。色欲を抑えるための曲論としては有用な一面ももっていたのだろう。近世まではたしかに《女性＝不浄》の考え方があった。が、それと不妊による離縁問題とは問題の根源を異にする。人力こそが最大にして重要な労働エネルギーであった近世までは「嗣《し》子《し》無きは断つ」の原則は、『家』の存続に関わる重大事であり、階級を超えたところにある社会常識であったはずだ。それを「子供が産めないことぐらいで」といってのけるのは、文明の利器による利便性をたっぷりと享受できる現代人の傲《おご》りではないのか。

「ところで」と、那智が口を開くと、周囲の空気が一変した。特に力を込めているわけでもないのに、この民俗学者の声にはそうした働きがある。

「なんでしょう」

「わからないことが、ひとつ。わたしに民俗調査を依頼された理由が、よく理解できないのですよ」

「この離屋を調べていただき、不浄の間であったことを証明していただきたいのです」

「もしも、そうでなかったら？」

「そんなことはありません！　わたしも学者の端くれです。こうした古い民家に不浄の間が存在していたことは書物で読んだことがあります」

この言葉にも、那智は反論しなかった。それは女性が相手で対応の仕方に苦慮しているようにも、また宮崎の説を歯牙《しが》にもかけていないようにも見えた。いずれにせよ、この時の蓮丈那智の態度は、内藤にはいかにも不自然に見えた。

「大奥様がご挨拶《あいさつ》をしたいと申しておりますが」という坂本の声が場を収めた。那智が応《こた》える。

「では調査は明日からゆっくりと行なうということで」

「お願いします。狭いところですが、部屋は用意してありますので」

「ご配慮、ありがとうございます」

那智、内藤、宮崎の三人と坂本は離屋を出て、母屋に向かった。長い廊下を渡り、奥の部屋に案内されると、そこにたった今眠りから覚めたような老女が、布団の上に正座していた。

「お加減が悪いのですか」と内藤が問うと、坂本が「クメ様はもう二年あまりも床《とこ》に伏せっておいで」と、小さな声で応えた。

「このたびは遠路はるばるおこしいただき、ありがとうございます」

たしかに病みと老いとを滲《にじ》ませながらも、護屋クメの声には凛《りん》とした響きがあった。

思わず内藤は背筋を伸ばし、平伏しそうになったもののなんとか堪《こら》えた。

那智がたずねた。

「時に……あの離屋についてですが、何事かの神事が行なわれていたそうですね」

「そう聞いてはいますが、今となってはそれがどのようなものであったか、知ることはできません」

「なにか、書き付けのようなものは？」

護屋クメは首を横に振った。横で宮崎きくえが「書き付けがないのがなによりの証拠よ」といったが、那智もクメもそれには耳を貸さなかった。

「窓の方向に大きな意味があるように見受けられますが、それも今の段階では判断できません。やはり周辺の資料と、構造的なものを調べてゆくほかないでしょうね」

「なにぶん、病身ゆえにお手伝いもできませんが、坂本にはなんなりとお申し付けください」

そこへ宮崎の兄夫婦が、入ってきた。

歳は五十をいくつか過ぎているだろうか、「総次郎です」と名乗った宮崎の兄は、いかにも大地に生まれ、大地に育った匂いがした。それとは対照的に、総次郎の妻・正恵は切れ上がった目の端にも、無表情を装った頬にも疲れと不満とを色濃く見せている。妻であるといわなければ、宮崎の妹でも通りそうなほど若く、農家の嫁には不似合いな、ひどくアンバランスな色気のようなものがあった。「ごゆっくり」と口ではいうが、いかにも闖入者《ちんにゅうしゃ》を迷惑がっている様子である。

二人が加わったことで、小さなクメの部屋が急に陰湿な空気をもちはじめた。陰湿といって差し支えがあるなら、険悪と置き換えてもよい。だれかが一言《ひとこと》でも言葉を口にするだけで、そのまま瓦解《がかい》を起こしそうな危うい沈黙ののち、「ではわたしたちは失礼します」という那智の声が、会見の終わりを告げた。

その夜。

那智にあてがわれた部屋で、明日からの段取りを整え、ついでに撮影器材のチェックなどを行なっていると、ふいに「ミクニ」と、那智がいった。「内藤君」でもなければ「三國」でもない、独特のイントネーションで発せられるこの言葉を口にするとき、蓮丈那智という民俗学者の脳細胞には、とんでもない思考が生まれようとしている。内藤は経験上そのことを知っているから、あえて返事をしなかった。

「あれは、不浄の間なんかじゃないよ」

さすがにこの言葉に驚いて、「へっ」と間の抜けた声を上げると、いつのまに用意したのか二本の携帯用のボトルからジンとベルモットをブレンドし、それを口に含みながら、那智が淡い笑みを浮かべていた。

「調査もなしにわかるのですか」

「わかるさ。あの離屋をどう見る？」

「だから、それを調査するのでしょう」

「違和感を覚えなかった？」

「それは……たしかに。どこがどうだと説明できないのですが」

「そうかあ、一目でわかることなのだけれど」

内藤の内で、好奇心が急速に膨れあがった。蓮丈那智は推量や憶測でこうしたことを口にする学者ではない。那智の目が見つけて自分が見なかったもの。それは離屋にあって、なおかつ独特の雰囲気で存在するもの。

——考えろ、探せ、見逃すな！

だが、いくら記憶を手繰《たぐ》っても、内藤には違和感の正体がわからなかった。たっぷりと思考の時間が過ぎたのち、那智は、

「室内を歩いても、軋《きし》み音ひとつしなかっただろう」

「そういえば。よほど厚い板でも使っているのでしょうか」

「厚みだけじゃない。ところであの床に、継目はいくつあったかな」

「あっ!!」

内藤の記憶が、すべての汚点を拭《ぬぐ》いとったように鮮明になった。床ばかりではない、四方の壁の映像さえもはっきりと思い出した。板の間の中央に、ようやく継目とわかる線が一本あった。線は壁へと延び、天井に至る。

「床だけじゃありません。そういえば壁も」

「そうだよ。あの離屋《はなれ》はね、床も壁もたった二枚の板でできている」

「まさか、そんなことが……！」

離屋の広さを思い出してみた。奥行《おくゆき》四間《けん》×幅三間ほどの建築物の床を、たった二枚の板で作るとなるといったいどれほどの大きさの木材が必要なのか。いや、その木材を切り出すために必要な樹木とは、いったいどれほどの大きさをもたねばならないのか。どれほど想像の翼を広げてみても、元の樹木の大きさを想定することができなかった。

「驚くほどのことはない。京都金閣寺の最上階部には、三間四面に一枚板が使われていたという記録があるもの。もちろん焼失前の話だけれど」

「三間って、五メートルを優に超えますよ」

——たしか……切り株で発見されたが、日本最大のウィルソン株が、周囲十三メートルだったから……。

理屈的には、護屋家の離屋を二枚の板で作ることのできる大樹があったとしても不思議ではない。その時になってようやく内藤は、那智のいわんとするところが見えてきた。それほどの大樹であれば、まず間違いなく神格化されたはずである。巨樹信仰は全国にあったし、今もある。

「そうですね。あれほどの板を切り出せる大樹が、民間信仰の対象にならないはずがありませんね」

「だろう」

それをあえて切り出したのである。神の化身を切り出して不浄の間など作るはずがない。離屋に入るなり、那智はそれを見抜いたのである。

——道理で宮崎きくえの話をうわの空で聞いていたはずだ。

「内藤君。明日の基本調査はきみひとりでやってくれるかな」

「先生はどうするんですか」

「この村の沿革を調べてみたい。それにもし、我々の知らない神事があったとする、その記録も探してみようと思う」

「でも、クメ刀自《とじ》がそのようなものはないと」

「学問の基本は、疑問と疑惑の解明」

「それにフィールドワーク、でしたね」

最後にもう一度明日からの手順を確認し、内藤は那智の部屋を出た。

自分にあてがわれた部屋に戻り、電灯を付けるなり内藤は「ひっ」と小さな叫び声をあげた。いつからそこにいるのか、暗闇でずっと自分を待っていたらしい、人の姿があった。

護屋総次郎の妻・正恵がぷんと酒の匂いを漂わせて、部屋の中央に座っていた。

「あっ、あの」

「座ってください、お話があります」

「お話ですか」

匂いばかりでなく、目の色から見ても正恵は相当に酔っていた。口調もどこか頼りない。それがまた、正恵のアンバランスな色気を強調しているようで、内藤は混乱した。立ちすくんでいると、突然正恵は上半身を前に倒し、土下座をする格好で、

「お願いだから、この家から出ていってください」

そういった。

「《女の家》の変形であるとは推測できるのだけれど」

護屋家の離屋の調査を始めて四日目のことだ。那智の口調に焦りの色を感じて、内藤は、

——おや？

と思った。民俗学は地味な調査の積み重ねである。三日や四日で答えが出るはずのないことは、那智が十分に承知しているはずである。それでもなお焦るのは、目に見えない壁を感じているのかもしれなかった。

「ところで、宮崎先生は、我々に調査を依頼してどうするつもりなのでしょうか」

話の矛先を変えてみた。

「たぶん、自分の著書にでも使うつもりじゃないかな」

「だって、あの離屋は不浄の間ではないのでしょう」

「それをいま、彼女に話してはいけないよ。ああした人物は、自分の都合が悪くなると、すぐに前言を翻して、調査を中止すると騒ぎだしかねない」

「蓮丈先生、最近かなり性格が歪《ゆが》んできてませんか」

「学問に誠実なだけと、どうしていえないかな」

そういえばと、内藤は護屋正恵が部屋にきたことを、話した。

「彼女、泣きながら訴えていましたよ。農家の嫁にきた人間がいかに辛《つら》いかを」

「それはそうだ。例の不浄の間だけどね。こんな異説がある。つまり農家の嫁にきた人間は、人間である前に労働力なんだ。家事と農作業に追われてて、楽しみなんてひとつもない。そこで、身体《からだ》に変調をきたす生理の時くらい、彼女たちを休ませるために、特別の部屋が作られた。表立って休ませるとはいえないから《不浄の間》などという名前をつけた、というものだけど」

「なるほどね」

「それで、彼女はなんと？」

正恵の話によると、クメの老い先はそう長くはない。もし、彼女が死んだら、そのちは、この家と所有する田畑を売り払って、二人で町に出てゆくことを希望しているそうだ。幸いなことに、彼女の親戚《しんせき》が経営している町工場があり、そこで世話を受けることもほぼ決まっているという。もちろん、クメには極秘の相談である。だから、もしも調査が進み、保存の問題が出てくると、家屋を売るに売れなくなってしまう。

「それで、調査をやめてくれ、と？」

「ちょっと心が痛みましたね。だって見ず知らずの人間に、そこまで内情を訴えるということは、よほど辛いんじゃないですか」

「こうした旧家には、人の数だけ思惑があるからね」

そう喋りながらも、那智の気持ちはここにはない。先程から、グラスの中身が少しも減っていないことからも明らかだった。

——やはり、女の家にこだわっているのか。

《女の家》について、農耕民族の神事のひとつとする説がある。ある特定の日に、別の場所に籠《こ》もるという行動をとらえ、これを女性がその日は巫女《みこ》として機能し、農耕の神に祈りを捧《ささ》げるというものだ。禊《みそ》ぎ潔斎《けっさい》し、男性の前から姿を消すのは、すべて神との接触を試みるためであるという。護屋家の離屋《はなれ》についていえば、その要素が強いことは内藤も感じていた。狭い入り口と、神木を使った建物の造り。これは外部、あるいは常民の住む世界との遮断を意味するのではないか。そう推測することはできても、立証できなければ意味がない。

「離屋の造りで、なにか気がついたことは？」

「いや、見れば見るほどすごい建築物である以外は」

「あの窓についてはどう」

「山が見えるだけです。あれ、たぶん奥羽山脈のK岳でしょう。山の斜面がくっきりと正面に見えるんですよ。ここ数日、暖かい日がつづいたでしょう、雪の溶けたところもあって、なかなかおもしろい図柄でしたね」

「図柄？」

那智の動きが止まった。鳶色《とびいろ》がかった目が、内藤をじっと見る。見るというよりは射竦《いすく》める。それだけで心のなかにざわざわと波立つものを感じた。たとえ那智の視線の内に内藤が入っていたとして、本当の視線はもっと別の物を見ている。そうとわかっていても、心のざわめきは収まらない。やがて「雪僧侶《そうりょ》、だ」と、言葉が漏れた。

「はあ？」

「どうして気づかなかったんだろう。ミクニ、携帯端末を持ってきているね。学会のページにアクセスして《雪僧侶》について、調べてみて」

この家に到着したその日に、携帯電話が使用可能であることは確かめてあった。あとはコンピュータの携帯端末に接続すれば、インターネットにアクセスできる。たとえ学会のページに記述がなくても検索エンジンを使えば、なにかヒットする情報があるはずだ。

「今ですか」

「なるべく早くに」

那智の部屋を出ると、内藤は二度、三度上半身を震わせた。午前二時を回っているころだ。日が落ちてから気温が急に下がっているのを感じる。窓の外に目を遣《や》ると、昼間までの快晴をかき消すように、無数の雪片が落ちていた。このままだとたぶん、今日は那智も町に出ることはできないだろう。今晩のうちに調べ物を済ませようと決めて、内藤は何気なく反対側の窓に目を向けた。離屋が闇に薄く浮かんでいるように見えたが、あるいは雪明かりのせいかもしれなかった。

そして早朝。

護屋家の離屋で、宮崎きくえこと護屋菊恵の遺体が発見された。

「はい、昨夜お嬢様が急に離屋に籠もるとおっしゃいまして」

警察官の質問に応《こた》えているのは坂本だった。

朝七時、朝食の支度ができたことを報《しら》せるべく、離屋にいって宮崎きくえの遺体を発見したのだと、老人は説明を続けた。その声がはっきりと居間にまで聞こえてきた。

――それにしても。

思わぬ出来事に、内藤はどう対処してよいかわからずに居間の前の廊下を行ったりきたりした。それは総次郎夫妻も同じであるらしく、居間に座って天井を見上げたり、新聞を読もうとして止《や》め、また取り上げたりを繰り返している。

「落ち着くんだ、ミクニ。落ち着いて朝のことをよく思い出せ」

「でも……、これは殺人事件ですよ」

「我々にもやがて事情聴取が行なわれる。その時に理路整然とことのなりゆきを説明すれば済むことだ。だから今はあの時の記憶をしっかりと思い出すんだ」

「はっ、はい」

心の波が平らかになってきた気がする。こうしたときの那智の声は、萎《な》えかけた精神を一喝する効果があるらしい。

——今朝は……。

内藤が目をさましたのは午前七時少し前である。これまで味わったことのない猛烈な寒気で、眠りつづけることが不可能になったのだ。不精にも、布団のなかで着替えを済ませようともがいているところへ、

「大変だあ！　お嬢様が血だらけで!!」

遺体を発見し、あわてる坂本の声を聞いて内藤も那智も母屋の台所に集まった。ややあって総次郎夫妻もその場に顔を見せた。台所の時計を見ると七時五分を指していた。

坂本が、離屋で宮崎きくえが死んでいる旨を伝えると、皆で表に飛びだそうとしたが、それを「待って」と、一言で止めたのは那智だった。那智の視線は台所から離屋へと続く地面に向けられていた。昨夜からの雪が、ふっくらと地面を覆い尽くしている。点々と続いているのは坂本の、往復分の足跡だ。

「坂本さん、宮崎先生は本当に亡くなっているのですか」

「脈を診ましたが、ありませんでした。頭を割られているようで」

「では、わたしがまいります。他の皆さんはここでお待ちください」

総次郎が「どうして！」と語気を強めると、那智は眉《まゆ》の根を吊《つ》り上《あ》げ「足跡です」と応えた。

「新雪がきれいに積もっていますね。足跡の保存状態もよさそうです。話を聞くかぎり殺人事件の可能性が強いように思われます。ですから警察が到着するまで、現場保存をしておく必要性があるのです」

そう説明して那智ひとりが離屋に向かった。数分の後に首を横に振りながら戻ってきて、警察に連絡がなされた。

そして現在に至る。

「あの」と、那智に思い切ってたずねてみた。だが次の言葉を継ぎ足す前に、

「凶器は、室内にあった薪《まき》。血だらけのが転がっていた。手指に死後硬直が始まっていたところを見ると、死後二〜三時間。ただしわたしは法医学者ではないからはっきりとしたことがわからない」

小さな声で答えが返ってきた。

坂本が戻ってきた。居間にいる人間に会釈をして、「ではわたしが大奥様にお報せ

を」といって、廊下に消えた。その姿を見てはじめて総次郎と正恵が「あっ」と声を上げた。今の今まで、母親に娘の死を報せるという大事があることを、忘れていたに違いなかった。その一事をとらえてみても、宮崎きくえと総次郎夫妻の関係があまり芳《かんば》しいものでないことが見て取れた。

まもなく、那智と内藤の名が呼ばれた。台所に赴くと、眉毛の濃い、いかにも人の好《よ》さそうな警察官が「大野です」と名乗り、それが儀礼であるかのように手帳を提示した。遺体の発見情況などを説明すると、先程の坂本からの聴取内容と照らし合わせたうえで、さらにいくつかの質問を受けた。質問とはいうものの、大野の口調はどこか世間話めいていて、しまいには「大学の先生だそうで」と口籠もって、眩《まぶ》しそうに那智の顔を見た。民俗学の研究者という肩書きと、那智の容貌《ようぼう》との間に横たわるギャップをどう埋めてよいかわからずに戸惑っているらしい。が、ふいに、

「足跡の件を指摘したのは先生だそうですね」

というなり、大野の表情から人懐《なつ》こさが消えた。表情は変わらないのだが、言葉の間に曖昧《あいまい》さを許さない硬い響きが交じった。たぶん、これがこの警察官のやり方なのだろう。

——うまいな。じつにうまい。

内藤は大野の変貌《へんぼう》ぶりに舌を巻いた。ただし、大野は知らない。多くの犯罪者を相

手にしてきた経験を重ねて彼の戦法は生まれ、磨かれたのだろう。けれど蓮丈那智という人物には、そうした急襲《きゅうしゅう》戦法は一切通用しない。内藤の思いを証明するように、

「今朝、何時まで雪が降りつづいていたか、ご存じですか」

大野の質問に対し、平然と質問を切り返した。

「いっ、いいえ、それはまだ」

「気象台に問い合わせても無駄なことです。この辺りは地形柄、場所によって降雪の時間がまちまちですから。護屋家の周辺では四時過ぎまで雪が降っていました」

「どうしてそれがわかるのですか」

「調べ物があって、昨夜は寝ていないからです。ですから四時過ぎに雪が降り止んだことをわたしは知っています」

そうしておいて那智は、死後硬直の具合から死亡推定時刻を割り出したこと、もしも犯人が午前四時以降に犯行を行なったとするなら、雪のうえに坂本の足跡しかなかったことで、大きな矛盾が生まれることを説明した。大野の表情が話を聞くうちに険悪なものになり、そしてまた作り笑いめいた笑顔に変わった。

「驚きました。民俗学では法医学も学ぶのですか。実のところ、警察医の人間もそのあたりではないかと推定しているのですよ。もちろん詳しいことは司法解剖に回さなければわからないのですが。いや、それはさておき……では先生は、犯人は坂本さん

だと？」

「ですから、そう考えても足跡の矛盾はなくなりません。もしも彼が犯人であるとするなら、当然ながら足跡は二種類なければならない。わたしのも含めて三種類ですね。で、いかがでした？　鑑識捜査の結果は」

大野が鼻を鳴らして「二種類でした」と答え、

「ひとつは坂本氏の長靴、もうひとつはあなたが履いた台所のサンダルのものでした」

と、付け加えた。その説明を聞きながら、内藤の頭にはしきりと、

――雪の密室だ。

という言葉が明滅した。雪の密室。それはミステリーの世界では、ある種の様式美をもって語られる言葉である。高校時代からのミステリーマニアを自認する内藤は、その言葉のもつ響きに陶酔感さえ覚えた。もちろん那智に表情を読まれないように、気をつけながら。

その後那智が「凶器は確定できたのでしょうか」、「死因は撲殺なのですか」と立てつづけに質問しても、大野は薄ら笑いを浮かべて、

「すべては調査中です」

と、応えるのみであった。

那智の部屋に戻るなり、

「凄《すご》いですね。鑑識捜査のことにあんなに詳しいなんて」

内藤がたずねると、面白くもなさそうに、「きみが研究室に忘れていった推理小説、なんといったっけ、ああ『ケイ・スカーペッタシリーズ』を何冊か読んだだけだ」という答えが返ってきた。ついでに「あれは読みやすいね。どこかの学者が書いた論文に比べたらはるかにわかりやすい」といったようだが、聞かないふりをした。

「ところで、《雪僧侶《そうりょ》》の件はどうなったのかな」

「ああ、調べてありますけど……あの、まだ離屋《はなれ》調査を続けるのですか」

このような状況下では、調査を進めることは不可能でしょうと、言葉の裏に意味を隠したつもりだったが、那智の言葉は「当たり前だ」と、そっけない。いったん部屋に戻って携帯端末を持ってくると、昨夜のうちにダウンロードしておいた情報を画面に呼び出した。

「《雪僧侶》、あるいは《雪入道》といういい方もあるようです。主に中部山岳地帯に伝承される、山岳信仰の一形態ですね。山肌に残った積雪の具合を見て、それをさまざまな図柄に見立てるとあります。僧侶形の他に、《魚形》、《神馬《しんめ》形》、《鳥形》、《昆虫形》などがあり、なにに見立てるかは山によって違うようです」

「信仰の目的は」

「ほとんどの場合が卜占《ぼくせん》。要するにその年の作況《さっきょう》を占いで割り出すことです」

説明するうちに、カチリとライターを開く音がして、すぐに那智が吐き出したメンソール煙草の香りが内藤の手元にまで流れてきた。

「卜占……神木を切り出して作られた離屋……そして小窓から見える山肌」

那智のつぶやきは何度となく繰り返され、煙草の煙がいつまでも続いた。途中で「昼食ですよ」という言葉をかけるのさえもはばかられ、内藤は塑像と化した那智が、時折、人間に戻って煙草を燻《くゆ》らせる姿をじっと見ていた。

午後を過ぎると、室内の温度が急に下がりはじめたのを感じた。エアコンのスイッチを入れようとして立ち上がった内藤に向かって「ミクニ」という、那智の声が届いた。

「はい」

「行こう、わたしは確かめなければならない」

どこへ、とは問わなかった。

――たぶんそれは……。

部屋を出た那智は、真っすぐに奥の間へと向かう。内藤が想像したとおり、護屋クメの寝所へと微《かす》かなためらいもない足取りで歩くその背中を、内藤はただ見守るしかなかった。

「失礼します」と、引き戸の前で声をかけると、すぐに坂本の声で「どうぞ」と応《こた》えが返ってきた。戸を開けると、上半身を起こし、絣《かすり》の半纏《はんてん》を肩から掛けたクメと、その傍に正座する坂本の姿が目に入った。「ご心労のところをすみません」と那智が挨《あい》拶《さつ》をすると、

「かえってこちらこそご迷惑をおかけしまして」

はじめて会った日とは、比べものにならない生気も張りもない声でクメが頭を下げた。「このような事態ですので、なるべく簡略に」という坂本の声にうなずいて、

「実はわたしどももこのような情況ですのでお暇《いとま》をしようと思いまして」

那智がいった。

「そうですか、東京にお帰りになりますか」

「非常に残念ですが。これ以上の調査は不可能と判断いたしました」

「当方から申し出たことですのに、こんなことになりまして申し訳のしようもありません」

娘を失ったショックのせいか、クメの声はところどころで擦《かす》れた。

「つきましては、ひとつだけ確認をさせていただきたいのです」

「なんでしょう」

那智がゆっくりと深呼吸をして、

「あの離屋は、《女の家》ですね」

それにも、クメの表情に変化はない。坂本も同様であった。

「あれは決められた女性がひと晩、禊《みそ》ぎ潔斎のために過ごす部屋なのでしょう。そして女性は神に近づき、神託を得るのではありませんか。その年の作物の収穫を占う、神託を」

「そうか、それが窓から見える山肌の風景！」

内藤の言葉にも二人の老人は反応をしない。彼らの沈黙の意味するところが、読み取れなかった。那智が畳みかけるように「こちらでは、山肌に描かれる図柄をなんと呼んでいるのですか」と聞いても、坂本とクメを取り巻く空気はますます頑《かたく》なに、そして老人特有の閉鎖性を帯びた鎧《よろい》となって、質問を拒んだ。念を押すように、

「では、最後の質問です。クメさん、もしかしたら離屋にまつわる神事について、あなたは娘さんに話されたのではありませんか」

そうたずねても、二人の沈黙の壁を壊すことはついにかなわなかった。

クメの部屋を辞し、荷物の整理をするために戻ろうとする那智の背中に、

「あの最後の質問はどういう意味なのです？」

内藤は言葉を投げたが答えは返ってこない。

「調査を続けるんじゃなかったんですか」

この問いにも無言。まるでクメと坂本の沈黙が伝染したように、那智もまた沈黙のモードに切り替わっていた。

そして二時間後。終始無言の坂本に送られて、二人は最寄りの駅に到着した。別れの挨拶もないまま、坂本の運転するワゴン車が山道へと消えるのを確認して、初めて那智が言葉を発した。

「行こうか」

「行くって、電車の時間まで二時間以上ありますよ」

「二時間あれば十分。足りなければ宿をとる」

荷物を駅に預け、二人は徒歩で五分ほどの場所にある役場に顔を出した。那智の顔を見るなり、初老の職員が「おお、おまえ様か」と、相好を崩した。どうやら、調査のための種子はすでにまかれているらしい。

「先日の件ですが、いかがですか」

「F村に伝わる神事についてだったね。それがあいすまんことだが、記録らしいものは残っておらんねえ」

「地元に郷土史家の方は？」

「それも探してみたんだが、あの村に神事が伝わるなどという話は、聞いておらぬそうですよ」

那智と職員のやりとりを聞きながら、内藤はふと奥のデスクに座る男性に目を向けた。彼もまた、二人のやりとりに耳を傾けているように見えたのである。それも那智の容貌《ようぼう》に目を奪われている様子とは少し違った、なにかを話そうかよそうかと、迷う仕草に見えた。

「あの」と内藤が声をかけると、気持ちを決めたようにこちらに歩いてきた。

「そこの人。F村の神事についてだが、儂《わし》はどこかでそのことを読んだ覚えがあるよ」

男は、声をかけた内藤ではなく、やはり那智に向かって話しかけた。

「いったいどこで？」

「いや、それがどうにも思い出せず、それで声をかけられずにいたのだが……」

男はしきりと首を捻《ひね》り、周囲を見回す素振りを見せたのち、「そうか！」とひと声あげた。さらに手を打ち、何度か自分の記憶の再生の具合を確かめるようにうなずいて、

「ほら、たしか石神の爺《じい》さまが」

というと、もうひとりの職員も同じく手を打った。

「あれかあ、そうそうすっかり忘れておったわ。いや、十五年ほど前になるか、石神善吉という老人が、自分の回顧録をつくって周囲に配ったことがありましてナ。石神

善吉は戦後間もなくF村を離れた離村者ですが……」

「その回顧録に、たしか神事のことが書いてあったと記憶しておりますよ」

那智が「閲覧できますか」とたずねると、二人は互いの顔を見合わせ、首を横に振った。

「ですが、探してみましょう。小さな集落のことですから、だれかが持っていましょうよ」

「あの、石神善吉という方は」

「それは無理です。もう五年も前に死んでおりますで」

「そうですか。では回顧録の捜索だけでも、ぜひ、お願いします」

二人の職員に一縷《いちる》の望みをかけ、那智と内藤は車中の人となった。

4

『私の生まれたF村と申すは、それはそれは山深い所に存在する小さな農村であります。あれは昭和四年頃の出来事でありましょうか。村の小高い場所に護屋さんと申される、近在神職の宗家が住んで御座ったのです。ちょうど前の年でありました、F村はたいへんな凶作でありまして、昭和の御時世であるというのに、あわや餓死者までださんとする惨状でありました。これではいかん、これでは村が潰《つい》えてしまうと護屋さんの先代宗家は申されました。

そもそも村には《雪割会《ゆきわりえ》》と申す神事がございます。これは毎年十五歳になるかならぬかの乙女を巫女《みこ》に仕立て、旧暦如月《きさらぎ》の吉日、護屋さんの離屋で禊ぎさせ、神様の御神託を得るというものであります。御神託とはすなわち、K岳の山肌に見える雪解けの文様であります。山肌の黒と残雪の白を鶴に見立て、鶴翼《かくよく》開いてあればその年は豊作、閉じたればはなはだ悪し。または山肌に牡丹《ぼたん》様の文様あらば、村に吉事あり。鬼面浮かび上がりたるときは、難事に備えよ、等など、二十あまりの文様を山肌に読み取り、それを護屋の宗家にお伝えするのが巫女の役目であります。ただし、自分が見たものについて、一切の口外はならぬというのが掟《おきて》でありましたから、先程の文様についても詳しい、本当のところはわからないのであります。いつの頃からか漏れ伝わったことを、人伝《ひとづて》に書いたまでのことでありまして、神事は神事の、摩訶不思議《まかふしぎ》なる秘事があったことと存ずる次第なのであります。なぜそのように感ずるかと申さば、それは後の話を読んでいただければお分りになるでありましょう。

さて。こうした山肌に浮かびあがる文様について、乙女は護屋さんの宗家から七日間に亘《わた》って教えを請うのであります。いったん離屋に籠《こ》もりて後は、ただ一心に神に祈るばかりでありますから、その前に文様の秘事をば頭に入れておかねばなりませぬ。

ところがこの年。前年の凶作をよほど心に病んだものであるか、護屋さんの宗家は乙女に秘事を伝える事無く、仕方なしに御籠もりの離屋へと向かう乙女に巻き物一巻手渡し、明け方までにすべてを覚えて神事に臨むべしと申されました。乙女の名、坂本ヨシエと申したと記憶しております。

翌朝、護屋さんの宗家が離屋に向かうと、ヨシエの姿がありませぬ。これはてっきり神隠しに遭《お》うたに違いないと噂しましたるところ、護屋さんの宗家が「神隠しなどではない。ヨシエは神さんの花嫁になったのだ」と申されまして、それで皆、納得したのであります。おかげをもちまして、この年は近年にない豊作でありました。ただし、これより後《雪割会《ゆきわりえ》》が行なわれることはなくなりました。

これすべて私が十歳の砌《みぎり》に見聞きした事実に相違ありませぬ。（後略）

――石神善吉・記す――』

役場の職員が約束してくれた、石神善吉という人物の回顧録のコピーが、那智の研究室に届けられたのは四月も半ばになってからだった。東京ではすでに桜の盛りを過ぎており、ひと月前に訪れたF村に「ようやく春らしい陽射しが顔を見せます」という短い手紙が添えられていた。那智が手渡してきたコピーに目を通し、「この坂本ヨシエというのは……」と内藤が問うと、

「たぶん坂本老人の姉だろうね。そう、彼女は村の神事で行方不明になった。そして

以後、神事は行なわれなくなった。この因果関係をどう読み解くか」

「そして、宮崎先生殺害事件との関連、ですね」

東京に戻って以来、無責任なワイドショーのレポート以外はF村での事件に関する一切の情報が断たれた状態になっていた。坂本はもちろんのこと、護屋総次郎夫妻からもなんの連絡もない。捜査の進展情況はどうなのか、内藤と那智の二人に関する容疑は完全に晴れているのか。厚い雲に覆われた状態で窺《うかが》い知ることもできなかった。

ところが、この日。

石神善吉の回顧録のコピーが届いたことが、どれほど偶然の歯車を刺激したのか、那智の研究室に来訪者があった。受付からの連絡で「大野」という名前を聞いたとたんに、二人は顔を見合わせ、言葉をしばし忘れた。やがてドアがノックされ、「失礼します」と入ってきた大野の姿を見て、

「あの……今日は追跡捜査かなにかでは……」

ないらしい、との言葉を続けることができなかった。大野は黒の礼服に、白いネクタイという出《い》で立ちだった。

「いや、今日は姪《めい》っ子の結婚式に出席した帰りでして。せっかく東京に出たことですし、蓮丈先生にお会いしようと急に思い立ちまして、おじゃましました」

仕事を離れるとこうも変わるものなのか、大野の口調からアクの強さがすっかり取

ていた那智が、にこやかに笑う。薄い笑いを浮かべて話を聞いていた那智が、完全に田舎の中年男の話し方で、

れ、完全に田舎の中年男の話し方で、

「事件はどうやら終息に向かったようですね」

そういうと、大野は目を見張った。「どうしておわかりですか」という問いには、

「たぶん……事故死ということになったのではありませんか」

那智は答えた。捜査途中の警察官が、休暇を取って結婚式に出るとは思えないから、たぶん事件が終息へと向かったという那智の推理は正しいことだろう。だが、「事故死」のひと言はどのような発想から生まれたのか。内藤にはまるで理解ができなかった。

「さすがですねえ。蓮丈先生はなにもかもお見通しのようだ」

「単純な推理です。雪のうえには発見者の足跡しかない。とすれば考えられるのは自殺か事故死。今もマスコミに発表がないところをみると、何事かの検査結果が出るまでに相当な時間が掛かったことになります。三週間から四週間の期間が必要な検査というと、DNA鑑定もしくは」

――そうか、ガスクロマトグラフ質量検査か。

いくつかのミステリー小説で得た知識と、護屋家の離屋《はなれ》の構造とが内藤のなかで交錯した。

「宮崎先生は一酸化炭素中毒死だったのですね」内藤の問いに、大野が笑ってうなずいた。

「けれど、頭部の傷は」

「そこです。あの傷があったが故にわたしたちは最初から殺人事件と決め付けてしまった。けれど狭い離屋の構造と、あの季節の寒気のことを考えれば、当然ながら一酸化炭素中毒死を第一に考えねばなりませんでした」

大野は頭を掻《か》いた。その指の動きをわずかな間、止めて、「生活反応には不明な点もあったのですが」と、小さな声でいったのを那智は聞き逃さなかった。

「どういうことです?」

「つまり検査の結果、護屋菊恵、いえ宮崎きくえ先生の死因は一酸化炭素中毒であることが確認できました。当初は何者かに頭部を殴られて被害者が転倒、そこに囲炉裏での薪《まき》の燃焼が加わって直接の死因になったのではと考えられていたのです。それであれば過失致死、もしくは未必の故意で殺人罪に問うことができます。ところが頭部の傷の生活反応がはっきりしなくて」

傷を受けたのが生前であったか、それとも死後であったか、生活反応検査によって知ることができる。が、人間はスイッチが切れるように死ぬわけではない。受傷の時期と環境——気温など——によってははっきりと出ない場合があるらしい。そうしたことを説明して大野は、大きくため息を吐《つ》いた。

「結局、半死半生の状態で力を振り絞って立ち上がったところ、転倒して薪に頭部をぶつけたということになりました。これでよかったのかと思い返すことがないわけではないのですよ。でもねえ、上が決めて、数日のうちにも発表されることになるそうですから」

最後にそんな言葉を残して、大野は帰っていった。

「大山鳴動《たいざんめいどう》して鼠一匹。とどのつまりが事故ですかあ」

昼食を中華の出前にするか、それとも学食で済ませるかを那智に聞き、答えが返ってこないのでなんの気なしに内藤が口にした言葉から、わずかな間をおいて背後で、

「ミクニ、明日、F村に行くから同行してちょうだい」

その声に秘められた冷やかさは、長い付き合いの内藤三國をして、背筋を凍らせるのに十分だった。「先生」と声にしたものの、内藤は振り返らなかった。振り返って那智の表情を読むのが、恐《こわ》かった。

「宮崎先生に最後の一撃を加えたのはあなたですね」

朝一番の交通機関を乗り継いで、F村に近い最寄りの駅へと到着した那智と内藤は、すぐに護屋家へ連絡を取った。家にいた人物を駅前に呼びだし、しばらく歩いた後に

着いた公園で、蓮丈那智が最初にいったのがこの言葉だった。

否定するかと思いきや、坂本老人は晴れやかな笑みさえ浮かべて、

「そうです、わたしがお嬢様を殺害いたしました」

そう答えた。どうやら警察発表はまだ耳に入っていないらしかった。

「違いますね。一撃を加えたのはあなただが、殺害したわけではない。彼女、宮崎先生は一酸化炭素中毒死だったそうです」

坂本の表情が揺れた。那智の言葉をどう捉《とら》えたらいいのか、わからないのだろうと、内藤は思った。那智の言葉が続く。

「警察はそのように発表するそうです。けれどわたしはあなたが殺害者でないことを知っているように、あれが事故死でもなかったことを知っています」

「…………」

「すべての根源は、F村に伝わる《雪割会《ゆきわりえ》》の神事にあるのですね。わたし、石神善吉という人の回顧録によって、神事のことを詳しく知りました。そして昭和四年、あなたのお姉さまが巫女《みこ》となって行なわれた、最後の神事のことも」

坂本の口からうめき声とも歯軋《はぎし》りともつかない音が漏れた。耳を澄ましてようやく「石神の馬鹿者があ」という言葉を聞き取ることができた。

「日本の伝説に《嫁殺し・女殺し》と呼ばれる系統があります。いずれも若い女性が

田畑で非業《ひごう》の死を遂げるパターンを因果の《因》とし、《果》についてはさまざまなパターンに分かれるようです。この時もっとも大きなファクターとなるのが《若い女性の死》なんですね。どうして若い女性が田畑で非業の死を遂げなければならないのか。

古来女性は生産性の象徴でした。それを殺す必要性について調べた結果、わたしはこう考えました。かつて、とても古い時代のことですが、その年の豊作を祈って、若い女性を人身御供《ひとみごくう》に捧《ささ》げる習慣が日本各地にあったのではないか、と」

内藤は、那智の唇が語る物語がいかに恐ろしいものであるか、それを聞く坂本が鬼の形相に変わっていることで実感した。憤怒《ふんぬ》の顔に刻まれた皺《しわ》には、深い殺意が籠《こ》もっている。それでも、那智の言葉は止《や》まなかった。

「人身御供。つまりは生産性の交換儀礼ですね。が、この習慣もやがては形骸化《けいがいか》してゆきます。本物の人間であった供物《くもつ》は人形に替えられ、女性は供物から巫女へと転じます」

「先生、それってもしかしたら」

「そう。《女の家》の風習は、かつて女性が人身御供であった儀式の変化したものではないかと、思う」といって那智は老人を見た。

「ところが、ここにある小さな山里があったとします。本来の残酷な儀礼が、細々とではあるが、命脈を保っている山間《やまあい》の村です。もちろん、毎年のように人身御供を捧げるわけではないでしょう。けれどたいへんな飢饉《ききん》や凶作の翌年、村では秘事中の秘事ともいうべき神事が行なわれてきました。そのことを、知ってか知らずか石神善吉氏ははっきりと書き残していましたよ。昭和四年、あなたのお姉さまが巫女になった年のことです。本来ならば御籠《おこ》もりの七日前から、山肌に浮かぶ図形についてレクチャーを受けていなければならないはずなのに、この年に限って御籠もり当日に巻き物を渡され、明け方までにすべて記憶するようにいわれたそうですね。

そうです。《雪割会》には、ふたつのバージョンがあったのでしょう。ひとつは単に生産の吉凶を占うための表バージョン。巫女となった少女には日が落ちると早々に休むよう指示するのでしょう。そしてもうひとつは、秘《ひそ》かに巫女を人身御供にしてしまう裏バージョン！」

違いますかとたずねた蓮丈那智から坂本は目を離さない。二人のまなざしの間に熱と激しい火花があった。たしかに内藤はそう感じた。

「でも先生。図形のレクチャーをしないからといって……」

「よく考えるんだ。巻き物を渡され、一晩で覚えようとして巫女はどうする？　しかも季節はまだ名ばかりの春よ」

「そりゃあ、炉端《ろばた》で薪をくべて暖を取りながら巻き物を広げますが……でも一酸化炭素中毒死する可能性は、あくまでも可能性の域を出ませんよ」

「あの部屋が、壁も床もたった二枚の板で作られた部屋であってもかな。何時間も薪を燃やしつづければ、当然室温は上がる。雪によってたっぷりと湿気を与えられた板材は膨張し、毛ほどの隙間もなくなることだろう。それだけじゃない。あの部屋には小さな入り口と窓がひとつずつ。入り口や窓の素材そのものも膨張し、なおかつ外枠も膨張する。するとどうなる」

その時になってようやく、護屋家の離屋《はなれ》に隠された機能の全容がわかった。ほんの数ミリ膨張しただけでも、

——あれほど気密性の高い部屋だと、たぶん大の大人が力の限りを尽くしても、戸も窓もあけることが不可能になる。

つまり、いったん膨張が始まると、室内の人間が息絶え、囲炉裏の火が消えて再び建物全体の膨張が収まるまでは、何人《なんぴと》も入ることのできないある種の密室状態になるのである。しかも酸素不足に気がついたときにはすでに身体《からだ》を満足に動かせなくなっているから、ますます脱出は不可能になる。宮崎きくえも同じ仕掛けで死に至ったのである。

「でも、宮崎先生がどうして死ななければならなかったのです」

那智の問いかけに、ようやく坂本が口を開いた。

「あの方はわがままな方だ。なにも知らないくせに自分の生家に押しかけ、不浄の間だなんだと、自分の家に代々伝わるものを非難し、それを金儲《かねもう》けの材料にするという。いや、それはそれでもよかった。ところが大奥様が《雪割会》の秘事を伝えるや、今度は急に怒りだされましてな。そんなくだらないものなら置いておく必要はない。どこかの資料館に寄付するか、古材屋にでも売り払って、あの場所に自分の書庫を建てると主張なさったときには、もう儂《わし》には理性の欠片《かけら》も残されておりませんでした。それで」

たぶん坂本は、自分があの離屋に誘導したのだといいたかったのだろう。けれど那智のひと言がそれを許さなかった。

「嘘です。それではあなたの最後の一撃の意味がない。なんらかの理由をつけて、彼女を離屋に誘導できるのは一人きりです。あなたは単なる遺体の発見者の役割だった。けれど遺体を見た瞬間に、別のことを考えたのでしょう。現在、この家には民俗学者と助手がいる、万が一離屋の仕掛けに気がついたらどうなるか。そんな犯行が行なえるのは一人をおいていない。ならば、その人にもっとも遠い殺害方法、その人が絶対にできない殺害方法に切り替えたらいいではないか。たとえ自分が容疑者になったとしても、です。その条件に合うのは、決して薪《まき》を振りかぶって相手を殴ることなどできない人物。その人は、宮崎さんに『離屋を壊すなら最後の巫女はあなたが務めなさい』とでもいったのではありませんか」

「ちがう！　ちがうんだ。お嬢様をあやめたのは……‼」

坂本が肺から振り絞るような声をあげた。

もちろん、那智はその人物の名前を口にする気はなかっただろう。坂本のこの反応を見ることだけが、目的であったはずだ。

「坂本さん。明日にも警察は宮崎さんの死が事故であったことを発表するでしょう。わたしも離屋についての調査結果はしばらくの間発表することを差し控えます。あなたも、クメ刀自《とじ》もいなくなるまで」

「そっ、それでは」

「いつかは発表することもあるでしょう。少なくともそれくらいの時間の余裕をわたしはもっています」

那智は背を向けて歩きだし、内藤は後を追った。

――そうですよね。無理に犯罪者を作る必要なんてない。自分の娘を殺害したという後悔だけで、あの人は十分に罰を受けているはずだから。そうですよね、先生。

肩をぽんと叩《たた》かれて、内藤三國は目を覚ました。

「うっああ、蓮丈先生」

顔をあげると、蓮丈那智の端整な容貌《ようぼう》があった。

「なんだ夢見ごこちで人に確認をとっていたのか」

「はあ?」

「だって、今いったじゃないか、そうですよね先生、って」

「ああ、すみません、夢でした。実は」

昨夜、那智のファイルから二年前に起きたF村での事件のものを見つけたことを話した。すると、心なしか顔を曇らせた那智が、

「たしか坂本氏は一年前に、クメ刀自もその直後に亡くなったという報《しら》せがあったようだね」

「ええ、護屋正恵さんから。そういえば総次郎夫妻も、もうすぐ村を出る予定だとか」

その言葉を聞いて、那智の顔色はますます褪《あ》せていった。

「どうしたんです。コーヒーでも淹《い》れましょうか」

言葉と同時に行動を開始し、コーヒーメーカーのセットをしていると、

「そうか、夫妻もいなくなると家は当然売却されるか」

背後で那智のつぶやきが聞こえた。「刀自も坂本氏も無念だろうなあ」と続いたの

を聞いて、内藤は思い切って質問することにした。

「先生、わからないことがひとつだけあるんです。どうしてクメ刀自も坂本氏も、宮崎さんを殺害してまであの家を守ろうとしたんですか。殺意の天秤量《てんびんばか》りって、そんなに簡単に振れるものではないでしょう」

自分のコーヒーカップを受け取り、しばらくたって那智が、

「坂本氏の姉さんがいただろう。行方知れずになった。たぶんこんなことじゃなかったかと思うんだ。護屋家の離屋の仕掛けはよく考えられたものだけど、完璧《かんぺき》ではない。一酸化炭素に対する耐性は個人差がかなりあるそうだから、あるいは死なずに蘇生《そせい》するものがいたかもしれない」

「それが、坂本氏の姉、ですか？」

那智がうなずいた。

「けれど人身御供は、神とのギブアンドテイクの取引だ。相手には何がなんでも《供物》を受け取ってもらう必要がある」

「じゃあ、まさか坂本氏の姉は殺されたのですか」

「彼女ばかりではないと思う。長い歴史のなかには同じ道をたどった人が相当数いるんじゃないかな。そのたびに行方不明になった娘たちはどこに行ったのだろう」

内藤は那智の言葉の続きを理解した。

行方不明になった娘たちは、次の世代の巫女《みこ》のために、守り神としてあの離屋《はなれ》の地下に眠っているのである。

――屋敷を手放せないのは、その秘密を守るため。

「護屋とは、あの離屋を守りつづける一族の意だったのですか」

那智の沈黙は雄弁に回答を告げていた。

双死神
そう
し
しん

『（前略）
佛殿《ほとけのおおとの》を宅《いえ》の東《ひんがし》の方に經營《つく》りて、彌勒《みろく》の石像《いしのみかたま》を安置せまつる。
三《みたり》の尼《あま》を屈請《いま》せ、大會《だいえ》の設齋《おがみ》す。此《こ》の時に、達等、佛の舍利《しやり》を
齋食《いもい》の上に得たり。即《すなわ》ち舍利を以《もつ》て、馬子宿禰《うまこのすくね》に獻《たてまつ》る。馬子宿
禰、試《こころみ》に舍利を以て、鐵《くろがね》の質《あて》の中《うち》に置きて、鐵の鎚《つち》を振ひて打つ。
其《そ》の質と鎚と、悉《ことごとく》に摧《くだ》け壞《やぶ》れぬ。而《しか》れども舍利をば摧き毀《やぶ》らず。
又、舍利を水に投《なげい》る。舍利、心の所願《ねがい》の隨《まま》に、水に浮び沈む。

日本書紀卷第二十』

1

山肌から駆け抜けるように風が過ぎ、梢《こずえ》のざわめきに夕間暮《ゆうまぐ》れの蜩《ひぐらし》の鳴き声が重なった。

——静か……だナ。けれど……。

重力による拘泥《こうでい》を一時忘れ、ややぬるめの湯温と浮力に身を任せながらも、内藤三國は肉体に満ちようとする幸福感を楽しむ気にはなれなかった。山間《やまあい》の温泉宿の露天《ろてん》風呂《ぶろ》には、内藤より他に人影もない。次第に濃密になってゆく闇の一点には、ひどくあっけらかんとした様子の月が星々の光を周囲に従えて、ある。

「月の色はうら悲しき人には哀しげに、心楽しき人には楽しげに見ゆ。ひとり旅路に行き暮れて月見れば漫《そぞ》ろ故里《ふるさと》ぞ忍ばるる。後醍醐《ごだいご》の帝《みかど》、逆臣北条の手にかかりて隠岐《おきの》島《しま》に流されたまいし時、海辺にて月を仰ぎつつ『月はつれなし』と嘆じたまいけるとかや」

頭の片隅にこびりついた、小泉八雲の著書の一文が自然に口をついた。正確にいえば、八雲の書いた文章ではない。彼が松江中学の英語教師として赴任中に、生徒に《月》のタイトルで書かせた英文を和訳したものだ。この文章を紹介したのちに、八雲は「同じ《月》という主題についてほとんど同じ思考、同じような比較が三十近い作文にもそのまま出ている」と感想を述べている。雪の原に猫の足跡を見れば梅の花、下駄《げた》の足跡は漢字の二の字。こうした感性を幼いときから植え付けられているゆえに、日本人には想像力の面で独創性がないとも、小泉八雲は続ける。

「そもそも独創性とはなんだ？」

自問に対して、内藤は答えをあげることができなかった。ないわけではない。今こうして内藤が中国地方のT県に、調査旅行にやってきている行為そのものが答えであるといってよい。すなわち、

――蓮丈先生からの解放、か。

この半年というもの、内藤は学会誌に積極的に論文を発表している。民俗学の視点から妖怪《ようかい》を語るということで、一般雑誌からエッセイの注文を受けたこともある。それでもなお内藤は、いつまでも蓮丈那智の掌《てのひら》から抜け出せないでいる自分の姿を、感じないわけにはいかない。学界からは異端と呼ばれ、けれど決然とした態度を崩すことのない民俗学者の、しょせんは助手でしかない自分が身体《からだ》の内にも外にもいる。

その反動が、自分でも思いがけない機会に、思いがけない形で噴出した。

三週間前のことだ。内藤は那智に調査旅行に出かける旨を伝えた。

「だいだらぼっち？」

「ええ、中部山岳地帯から甲斐《かい》地方にかけて多く見られる巨人伝説ですが、よく調べてみると意外に全国的な広がりを見せているんですよ」

「製鉄民族の伝説化については、かなり研究が進んでいるね」

「ぼくなりに、別のアプローチができるかもしれないと思いまして」

「というと」

「まだ漠然とはしているのですが……ええっと、大陸系製鉄民族とのつながりを考えています」

「朝鮮系を外しての考察ということなのかな」

「というわけでもないのですが」

真っすぐに向けられた蓮丈那智の視線を、内藤は直視することができなかった。

《だいだらぼっち》あるいは《でいだらぼっち》、地方によっては《だいらんぼう》などの名称で呼ばれる巨人伝説は、日本各地に確認することができる。ある意味では、浦島伝説や桃太郎伝説といった民話に匹敵するほど広範囲にわたっている。柳田国男はその講義のなかで「だいだらぼっちの《だいだら》とは、《大太郎《だいたろう》》が変化したものであろう」と述べている。太郎は一般的な男性を記号化した名称であるから、当然のことながら巨人を表わす名称として《大太郎》がつけられたのだろう。

その一方で、《だいだら》をもってして《たたら（蹈鞴）》の変化したものであろうと考察する研究者も少なくない。蹈鞴《たたら》とは製鉄の工程で使われる足踏み型のふいごのことであり、だいだらぼっちはすなわち製鉄技術者集団を表わしているというものだ。山をひとまたぎするほどの巨人伝説は、彼ら製鉄民族が砂鉄を求めて山河を駆ける姿を指している。またまだいだらぼっちがしばしば隻眼の巨人として語られるのは、製鉄技術者が溶鉱炉のなかの温度を炎の色で確認するために、片目をつぶしてしまうことが多いからだともいう。「日本には石油資源こそほとんどないが、鉄資源が無尽蔵にあるから戦争になっても大丈夫」といわれていたのは、ほんの六十年ほど前のことだ。それほど砂鉄などの鉄資源に恵まれた国だから、製鉄集団の伝説が全国に分布しているのも当然といえる。

ただし、縄文末期に朝鮮半島から伝えられた鉄という物質が、どのような形で国内生産にいたったかについては、未《いま》だ議論の結末を見ていない。

「それに……《だいだらぼっち＝製鉄集団説》には致命的な欠陥がある。もちろんそのことは知っているね」

「はい」

「それでもなお、調査にゆく価値があると了解していいのだね」

内藤ははっきりと自分の舌に硬直感を覚えた。

那智の鳶色《とびいろ》がかった瞳《ひとみ》に見つめられると、自然と心中に波立つもの、その波紋の広がりを実感しないわけにはいかない。曖昧《あいまい》なもの、不自然なもの、隠された悪意や邪《よこしま》な感情を白日のもとに曝《さら》すことのできる「眼」である。中性的な美貌《びぼう》ゆえか、学会で猥雑《わいざつ》な好奇心混じりの質問をされることも少なくない。けれど質問者は必ずといってよいほど那智の硬質の視線を浴び、衆人環視のもと、全身を凍らせることになる。

「どうして黙っている」

「あの……まさしく《だいだらぼっち＝製鉄集団説》の欠陥を補完できるのではないかと……いやできるかもしれない……できたらいいなあと思えるかもしれない、なあと」

「ミクニ！」

「内藤君」でもなく、「三國」でもない。独特のイントネーションで那智に名前を呼ばれると、内藤は今度は背中に粟立《あわだ》つものを感じた。

「そう。日本というきわめて閉鎖性の高い島国に限定したうえで、製鉄史そのものを見なおすつもりだね」

「うっ」と、内藤は言葉を失った。《たたら製鉄法》の日本における歴史は決して古いものではない。製鉄に革製のふいごをもちいた記録は『日本書紀』、神代紀にも記されているのだが、蹈鞴がやがて転訛《てんか》して《高殿（たたら）》となり、大規模な製鉄所もしくは製鉄方法そのものを指す言葉として登場するのは、せいぜい近世期になってからである。それに較べて、《だいだらぼっち》伝説の成立は時代をもっと遡《さかのぼ》ることが可能なのである。この矛盾を解決する方法はひとつしかない。那智が示唆したのはその一点である。

「つまり、たたら製鉄法がもっと古い時代から行なわれていたことを、ミクニは民俗学的に考証しようとしている」

「はい。それに、だいだらぼっちはどうして巨人でなければならないのか。ここにもある種の寓意性《ぐうい》を感じてならないんです」

「いいでしょう。好きなようにやってごらん。その間研究室はわたしひとりでなんとかする。そうそう、教務部にはわたしから掛け合っておくから、調査費用を出してもらうといい」

蓮丈那智に調査旅行のことを告げたのは、研究室の業務を休まねばならないからだ。必要な経費は自前で出すつもりでいた。「うちの職員手当てだけじゃ、毎月の生活だって苦しいだろうから」と那智にいわれると、言葉を継げなくなった。感謝の気持ち半分、ついに告げることのできなかった言葉への後ろめたさが半分。「あの」という一言さえ口にすれば、そこから那智に報告しなければならない前後の別事情を、スムーズに語ることができるに違いない。それができないことが自家撞着《どうちゃく》の根源となっている。

——すみません。先生、本当にすみません。

顔の筋肉がすっかり自制を失っていた。

内藤は摩訶《まか》不思議な自分の表情を研究室の壁にかけてある鏡のなかに認めた。

「やはり、まずいよなあ。先生になにも説明しなかったのは」と言葉にすると、気持ちが一層ささくれだった。露天風呂《ろてんぶろ》を楽しむ気持ちも、周囲の夜景を愛《め》でるゆとりもすでにない。内藤は背筋をひと揺すりさせ、意を決したように湯から出た。

部屋に客がやってくる時間には、まだ間があった。この客こそが、内藤が那智に告げることのできなかった「前後の別事情」そのものだ。弓削佐久哉《ゆげさくや》といって、二ヵ月ほど前に内藤あてに手紙を送ってきた。「地方史家気取りの若造の戯言《ざれごと》よと、笑われても仕方のない内容かもしれません」と、謙譲《けんじょう》の言葉を重ねたうえで弓削が手紙で述べた仮説は、まさに那智が指摘したように、日本における鉄生産の歴史を十分に覆《くつがえ》すものだったのだ。手紙の最後に弓削は、自分が偶然に発見した未発掘の遺跡について述べ「できれば内藤先生にも実地調査をお願いできないでしょうか。そのうえで共同研究の形で発表することができれば、これに勝《まさ》る喜びはありません」と書いてきた。

もしも弓削の仮説が証明されるなら、それは共同研究などではなく彼の単独研究として立派に通用するし、そうすべき内容でもあった。ただし学界には有形無形の力学が存在することは事実で、地方史家の弓削が単独で発表するよりは、民俗学者・蓮丈那智の助手である内藤の名前があったほうがより注目されるのも現実である。

この日の午後、駅まで迎えにやってきた弓削佐久哉は、地方都市で生まれ育った青年そのものの人の好《よ》さが全身に滲《にじ》み出ていて、あくの強さで学者としての優劣を決めるようなところのある学界という世界では、とても生き抜いていけるとは思えなかった。「ああっ！　肝心の資料を忘れてきましたア」といって、一旦《いったん》は宿屋へ内藤を送り届け、自宅に帰っていったところも、素人《しろうと》臭いうえに頼りない。要するに、かつての自分そのものを内藤は弓削に見たのである。

――だが、なによりも！

弓削の仮説には、抗しがたい魅力があった。その共同研究者として名を列《つら》ねるということは、異端且《か》つ奇想の研究者である蓮丈那智の掌《てのひら》から、はじめて一歩を踏み出すチャンスに他ならないと、耳元でささやく悪魔の声に、内藤は迷い悩んだ挙げ句に屈したのである。

宿屋の長い廊下を歩きながら、耳の奥では蛮勇を呪う声と鼓舞する声とが一足ごとに交錯していた。

「……さんではありませんか」という声が、自分に向けられたものであることにも気がつかなかった。女性の声である。その言葉の端に「蓮丈那智」の名称を聞き分け、ようやく自分が話しかけられていることを知った。

「はい？」

「もしかしたら蓮丈那智先生の研究室のかたではありませんか」

ふりかえって女性の姿を認めたとたんに、内藤は呼吸の方法を忘れ、全身を硬直させた。

——那智先生！

もちろん相手が蓮丈那智であるはずがない。顔形も声もすべてがちがう。どちらかといえば中性的で、ときにアンドロイドではないかと疑いをもちたくなる那智に較べ、声の主からは艶《なまめ》かしいほどに成熟した女性のエロスが漂ってくる。不愉快なものではなく、たぶんこの女性がこれまで積み重ねてきた人生の光や影が、自然と織り成すリズムのようなエロスである。にもかかわらず、内藤は女性を見た瞬間に、反射的に那智の姿を思い浮かべてしまった。

「あの……どちら様でしょうか」と、声が自然と那智に対するときと同じトーンになった。

「蓮丈先生の」

「はい、そうです。内藤三國といいますが」

「やはり！ すると弓削さんの依頼でお見えになったのですね。蓮丈先生は、もう現地入りされているのですか。一度お話がしてみたいと、かねがね思っておりました」

「ちょっ、ちょっと待ってください」と、内藤は女性の言葉にストップをかけた。今回の調査は内藤本人が受けたもので、那智は関係ないと告げると、女性の眉《まゆ》がキュッと盛り上がった。目が細められ、頬に緊張の表情が現われると、内藤は我知らず背中に冷たいものを覚えた。

——そうか、まとっている空気が似ているのか。

蓮丈那智と眼前の女性の共通点を、見つけたと思った。まとっている空気——あるいは表情ひとつでひとの心に、ざわめきを覚えさせることのできる力と言い換えてもよかった。

「そう。先生はこないのね」

「ええ。ぼく一人で調査を進めます」というと、女性の口からもう一度「那智先生はこない」というつぶやきが漏れた。それが内藤の自尊心を刺激した。もしかしたらトラウマを突かれただけだったかもしれない。

「だいたい失礼でしょう。あなたは何者ですか」

それには応《こた》えずに、女性はじっと内藤を凝視した。鳶色《とびいろ》がかった那智の瞳《ひとみ》とは違い、

東洋に多い黒曜石に似た瞳が、内藤のすべての言葉を封じた。そして、

「注意してください。あなたの身に危険が及ぶかもしれない。わたしにはそんな予感がするけれど、実をいってそれを防ぐ術《すべ》をもっていないのです。せめて蓮丈那智先生がいれば、と思ったのですが……それもままならないのでは仕方がありません。とにかく周囲に気をつけてください。それからもしも時間にゆとりがあるなら……いや、ゆとりがあろうとなかろうとこの言葉について調べてご覧なさい。いいですか、《税《さい》所《しょ》コレクション》です」

「税所コレクション？」

「そうです。わたしは《狐《きつね》》。きっとまたどこかでお会いすることがあるでしょう。いいですね、くれぐれも気を抜かないように。そしてもしも――」

廊下の端に足音を聞きつけたのか、《狐》と名乗った女性は最後の言葉を告げることなく、小動物さながらの身軽さで姿を消した。

入れ替わりに弓削佐久哉が、いかにも人の好さそうな伸びやかな笑みを浮かべて廊下の反対側から現われた。「どうかしたのですか」という問いに、内藤は明確に答えることができなかった。

2

岡山県の津山市にある、中山神社には興味ある社伝が残されている。

『もともとこの地には物部肩野乙麿《もののべのかたのおとまろ》というものが住んでいた。もとより博打《ばくち》好きの乙麿は、ある日道端で骰《さい》子に興じるみすぼらしい老人を見つけた。博打の才に自負するところのある乙麿は、老人相手に勝負を挑む。ところが何度やっても乙麿は老人に勝てない。しまいには自分の土地を賭《か》けて勝負を挑んだが、これにも負けて乙麿は土地を失った。老人は実は中山神（中山神社の祭神である金山彦神《かなやまびこのかみ》）であり、乙麿はその地に中山神社を奉って、自らは久米郡香々美《かがみ》庄に移り住み、そこで仏教寺を営んだ』

宿屋の部屋に入るとすぐに、弓削佐久哉は分厚い書類カバンから中山神社の社伝のコピーを取り出して内藤に示した。

「この物部肩野乙麿というのは実在の人物なのですか」

「ええ、現実に和銅年間に肩野乙麿の開基と伝えられる仏教寺があります。それに『新撰《しんせん》姓氏録』にも、見ることができます」

「すると、架空の人物ではないわけだ。金山彦神はたしか……蹈鞴《たたら》師や製鉄民族の守り神である《金屋子神社《かなやごじんじゃ》》の祭神でもあるね」

「そこなんです。ただ中山神社の社伝にはもっと重要な情報が隠されているような気がするんです」

「もっと重要な情報？」と、内藤が聞き返した言葉に、隣の部屋から響く怒声と、それにつづくいくつもの声が重なった。「ああすみません」と、弓削が恐縮した声で謝った。

「どうしたの？」

「なんだか、騒がしい集団とバッティングしたみたいです。実は近くのゴルフ場が近隣ともめ事を起こしていましてね」

「そういえば、駅の裏手の山を切り開いて、かなり大きなゴルフ場があったね」

「おや、内藤先生も嗜《たしな》まれるのですか」

「まさか。貧乏研究室の助手にそんな趣味は似合わない」

ほんの一瞬、蓮丈那智の鋼鉄《はがね》の視線を思い浮かべて、脇の下に冷たいものを感じた。

ゴルフ場では芝生を維持するためにかなり強い農薬を使用する。芝生から流れ出る農薬混じりの排水を最初は近くの河川に垂れ流しをしていたのだが、住民からの苦情が出はじめると、今度はひそかに汚水槽にため込み、それをまとめて不法投棄しているのだという。

「どうせ、農薬も使用許可が認められないような種類のものを使っているのだろうねえ」

「そんな場所でゴルフをして、ゴルファーには悪い影響がないのでしょうか」

「ないはずがないさ。気化した有毒成分を常に吸うことになる。濃度の薄い毒ガス室にいるようなものだもの」

いったん話が途切れたところへ、今度は食事が運ばれてきた。「なにもないところですから」と謙遜《けんそん》する割に、海の幸山の幸が充実していて、二人はしばらく話の主題を忘れた。その際に飲んだビールのおかげで口が軽くなったのか、食後に再開した検討会では、かなりつっこんだ話をすることができた。

「で……明日ぼくに見せたいという、その遺跡と、先程の中山神社の社伝とはなにか関係があるのだね」

「少なくとも、わたしはそう確信しております」

わずかなビールで真っ赤になった弓削が、大袈裟《おおげさ》にうなずいた。

「あの社伝に依《よ》るとですねえ、金山彦神を奉る以前……つまり博打で負ける以前のことですね。物部肩野乙麿がその地で奉っていたのは《オオナムチ神》なのですよ」

「オオナムチは大国主命《おおくにぬしのみこと》だね。きみの手紙にもあったね」

古事記によれば、出雲《いずも》国を平定したスサノオノミコトは、一人の若者に自分の平定した出雲国を禅譲《ぜんじょう》する。

「スサノオの国譲りについては、いくつもの研究がまとめられている」

「そこなんです！　素直に考えるなら、これは旧出雲系民族から新しい部族——つまりは大和朝廷——への政権の移譲を示すものと考えるべきですよね」

「そのような学説もあるね」

「つまりオオナムチは大和朝廷のある種の象徴なのです。それが地方神社の社伝とはいえ、金山彦神などというマイナーな神に取って代わられるということがありえるでしょうか」

　弓削の言葉に内藤は反応できなかった。少なくともそのような内容は彼の手紙には書かれていなかったのである。思いがけない方向に進む話が、さらに内藤の好奇心をそそった。

「メジャー神とマイナー神の交替かあ。ううん……それはなんとも、なあ」

　金山彦神について古事記は、イザナミノミコトが火神カグツチを産んだことで身体《からだ》を壊し、その際に吐き出したものとして《金山毘古《ひこ》・金山毘売《ひめ》》をあげている。二柱の神は島根県に総本社のある金屋子神社の祭神であり、製鉄を生業《なりわい》とする民族の守り神でもある。ただし古事記の成立には多くの研究諸説があり、とくに神々の構想とその精神的な影響とについては、まだはっきりとしていない部分が少なからずある。二柱の神が金屋子神社の祭神となったことや、火神カグツチとの関係を考えれば、これが灼熱《しゃくねつ》の溶鉱炉のイメージをもっていることは容易に推察できる。同時に木・火・土・水といった神が生み出されているという描写があることを考え合わせるなら、そこには陰陽五行《いんようごぎょう》思想の影響も見て取れる。

「すると、五行の思想の輸入期を考えると、金山彦神《かなやまびこのかみ》ら二つの神の構想は七世紀頃に成立したということになるね」

「ええ、わたしは考えました。もしかしたら政権交替に匹敵するような大きな事件があったのではないか、と」

「と、いわれてもねえ」

内藤の専門は、民俗学のなかでもとくに文献学とは遠いところにあるフィールドワークである。古代史そのものについても、知識レベルは高校生とあまり変わらない。そうしたことを決して表情に出さぬよう、那智の癖を真似てわざと眉根《まゆね》を吊《つ》り上《あ》げ、考えるふりをした。

――そうか。弓削の手紙にはもっと先があったのか。

二ヵ月ほど前に送られてきた手紙には、だいだらぼっちの巨人要素をとらえ「これにはかなり早い時期から、大がかりなたたら製鉄が行なわれていたという寓意《ぐうい》が隠されているのではないか」という仮説が立てられていた。さらに弓削は金屋子神との相関関係について述べたのち、中国山地某所に残る遺跡がそれを証明しているのではないかと書いているのみだった。だが、こうして話を聞いてみると、彼の仮説はもっと大きなことを指しているらしい。

純朴にしか見えない弓削佐久哉の、別の一面を見たような思いだった。「ところで」という、その言葉の質までもわずかに変わったようだ。内藤にはそう感じられた。

「内藤先生は《ヒヒイロカネ》という金属をご存じですか」

「ヒヒイロカネ……ですか。いや」

いやと応じたものの、まるで記憶にないわけではなかった。専門書や民間神話集といったものからではない、もっと別のジャンルから得た言葉としての、かすかな記憶があった。

「では《オリハルコン》については？」

内藤はまたも首から上を横に振り、そして《ヒヒイロカネ》という言葉から得た印象とまるで同じものを感じた。なにかを語らねばと思い、顔を上げると、視線の先の弓削の表情がひどく平板なものになっている。

「ヒヒイロカネは、戦前になりますが、酒井勝軍《かつとき》という人物が提唱した日本超古代文明存在説に登場する伝説の超金属です」

「ああ、たしかに！」

と相手にあわせながら、内藤は話が急速に変化しようとする空気に戸惑った。

酒井勝軍は、いわゆる自称・超古代文明研究家の一人で、広島県の葦嶽山《あしたけやま》こそが日本の超古代に築かれたピラミッドであると発表した人物である。太平洋戦争開戦直前の緊張した空気のなかで、戦意高揚の効果を狙った軍部の支援もあってか、酒井の説は大きなブームを巻きおこしたという。ヒヒイロカネは、酒井の著した『神秘の日本』のなかで、日本の超古代文明の象徴のひとつであると紹介された金属である。ヒヒイロカネを思い出すと、オリハルコンについての記憶も芋蔓式《いもづるしき》だった。

「オリハルコンは、幻のアトランティス大陸に存在した超金属だね」

「そうです」といいながら、内藤の顔を覗《のぞ》き込む仕草で弓削が唇を歪《ゆが》めた。笑いなのだろう。けれどそれを判断する自信が内藤にはなかった。

「だが、すべては仮想の物質だ」

「おや、民俗学では鬼や妖怪《ようかい》の存在も手懸けるではありませんか。だからといってかつて日本に鬼や妖怪が本当にいたわけではないし、それを証明する学問でも、民俗学はない」

「もちろんだ。民俗学とはすべてを受容したうえで、存在理由と成立過程の系譜を論じることが目的だから」

「そこなんです」との弓削の声に、奇妙な熱気が込もっていた。それを聞いて、内藤はようやく弓削のいわんとすることを理解した。ヒヒイロカネやオリハルコンが実在しようがしまいが民俗学の研究のなかではあまり関係がない。

「よく調べてみますと、世界各国に超金属の伝説は伝わっています。そのほとんどがある種の鉄なんです」

「つまりは、鉄の神格化……だね」

「そうです。よくよく考えてみれば当然ですね。鉄によって作られた農具は、農業の生産性を飛躍的に高めます。同時に鉄によって作られた武器は他のどんな武器よりも効果的に人の命を奪ってゆく。生産性と破壊・破滅の両方の側面をもつ鉄は、古代人にとって神そのものだったはずです」

だいだらぼっち、たたら製鉄、金屋子神、金山彦神、オオナムチ、ヒヒイロカネ、オリハルコンといった言葉が、ビールの酔いのせいではなしに大きな思想の流れとなって、内藤のなかで奔流となり、錯綜《さくそう》した。

正直な話、内藤の理解を超えたところに弓削の仮説があることはたしかだった。このときはじめて後悔の念を覚えた。後ろめたさではない。

――先生になんとか連絡を取らなければ。

いつのまにか、蓮丈那智の掌《てのひら》を飛び出す野望など霧散していた。

「あとは、明日以降に。そうですね、わたしの説はあくまでも仮説にすぎませんから、何度かゆっくりと遺跡を見たうえで、お互いに意見を交換することにしましょう」

「そっ、そうですね。ぼくも今の段階ではなんともいいようがない」

「ああ、楽しみだなあ。きっと驚かれると思いますよ。幸いなことに明日も明後日《あさって》も天候には恵まれているようです。予報では明後日の夕方から崩れるといっていましたからね」

ではと席を立って弓削が帰ったのち、内藤はこれからの行動予定をどう立てていいものか見当もつかず、途方に暮れた。現段階で蓮丈那智に連絡を取ったところで「それだけではデータ不足」と言下に切り捨てられるのがせいぜいだろう。そうなると、弓削が見てほしいという遺跡を見て、なんらかのディスカッションを交わしてからということになる。

――ぼくにまともな考証と論争ができるか。

一方で、抑えがたい好奇心があることも事実であった。

肌に粟立《あわだ》つものさえ覚えるのは、戦慄《せんりつ》によるものか知的好奇心によるものか。このとき内藤三國は考えるゆとりさえもなかった。

だが、幕切れはあまりに唐突で、滑稽《こっけい》ですらあった。

内藤三國が当地にやってきて三日目。とある山の中腹に位置する横穴式の遺跡の崩落事故で、弓削佐久哉が死亡しているのが発見された。発見者は他ならぬ内藤である。彼が立てたという仮説は、決定的な部分についてはほとんど語られぬままだった。

事故の翌日。出番を得た主役のように、蓮丈那智が現地にやってきた。

3

どうしてこのようなことになったのか？　とも、なぜ弓削佐久哉の手紙について、なにもいわなかったのかとも、蓮丈那智は問わなかった。ただ表情の一切を消した鳶《とび》色《いろ》がかった瞳《ひとみ》で、内藤三國を見るばかりである。

宿屋にいきなりやってきて、荷物を置くなり那智の沈黙が続いている。その沈黙がなによりの非難であると、悲鳴を上げそうになるのと、ようやく那智が口を開いたのがほぼ同時だった。

「で、遺跡は見たのかい」

「へっ⁉」

「事故現場にあった遺跡は調査することができたのかと、聞いている」

「そっ、それが……初日はまず見るだけにしておこうというので、記録用の器材をほとんど持っていってなかったのです」

遺跡は山道とも獣道《けものみち》ともつかないかすかな踏跡を、三時間ほどもかけて登った山の中腹にあった。帰り道もほぼ同じ時間をかけて下山した。翌日、最低限のカメラ器材を用意して宿屋で待っていたが、約束の時間になっても弓削は現われず、自宅に電話をしても留守番機能がメッセージを繰り返すばかりである。

「それで、もしかしたら一人で遺跡に出かけたのかと思いまして」

「どうしてそう思った？」

「理由ははっきりとしないのです。ただ弓削佐久哉という人物、当初に思っていたほど純朴でもなければ、この世界に疎いわけでもないのではないか、と」

「なるほど。直感は民俗学者の大きな武器となる」

「ただし、それが先入観にならなければ、でしょう」

「遺体発見者というからもっと取り乱しているかと思ったが……それだけ冷静ならわたしが推参《すいさん》するほどでもなかったかな」

「やだな、推参だなんて。教務部の連中がなにかこのことについて……」

事件のことはすでに大学側に伝わっているだろう。警察ではほとんど事件性がないという結論に傾きつつあるというし、取り調べらしい取り調べも、内藤は一度しか受けていない。それでも事件に関わることを嫌うのが、大学という社会だ。いつも予算のことでやりあう教務部の狐目《きつねめ》の担当者の反応を想像するだけで、胃の上部が痛くなる。

「たいしたことはないが、ちょっとした皮肉を、ね。『調査の先々でトラブルに巻き込まれるところまで、先生そっくりで』といわれたから、無言のまま睨《にら》んだら下を向いてしまった」

——そりゃまた、狐目も不用意なことを……。

かえって同情の気持ちが湧いてきたが、口にはしなかった。

「それにしても」と、那智が胸のところで組んだ右手の指を唇に当てた。薄い、人によっては酷薄さの象徴だとまでいわれることのある唇の朱色が、歪んで形を変える。それでも、この異端の民俗学者の不思議な美貌《びぼう》は、崩れるどころかいっそうの妖《あや》しさを増すようだ。傍にいるだけで、周囲の空気が自ら温度を下げるような錯覚に襲われる。

「わたしも見てみたかったたな。けれど遺跡そのものが完全に崩壊してしまったのではそれも叶《かな》わないか。ましてや弓削佐久哉が無名の地方史家となると、彼の仮説そのものが否定されることもあるから」

言葉と共に那智の視線が内藤に向けられた。「それとも彼の仮説を自分のものとして発表してみるか」と視線が問うている。

「それが、駄目なんです。彼は肝心なところをなにも教えてくれなかった」

「すると、仮説も不完全。遺跡は事故現場。再発掘をされたり復元されたりする可能性は低くなるね」

「おまけにですね」と、内藤は声をひそめた。遺跡のあった山の持ち主は別にいて、勝手に山に入り込んだ挙げ句に事故を起こしたことについてひどく立腹している旨を、警察署で聞かされたばかりである。

「つまり遺跡の概要については、きみの頭に保存されているものがすべてというわけか。ようし、わかった。せっかくここまでやってきたんだ。きみの記憶のすべてを絞り尽くしてもらおう」

その一言で、那智が事件に巻き込まれた可哀相な研究室の助手に、救いの手を差し伸べるためだけに遠路はるばるやってきたのではないことがわかった。

「つまりは、先生もだいだらぼっち伝説と製鉄の関係について興味があるのですね」

「鉄は、民俗学のなかでも大きな謎を秘めた研究ジャンルだ。興味がないと公言する輩《やから》に研究者を名乗る資格はない」

「やれやれ、よかった。新機種に取り替えておいて」と呟きながら、内藤はバッグからモバイルタイプの情報端末機を取り出した。機械の一部に取り付けられた、小さな電子の眼を指差すと、珍しいことに那智の表情にあからさまな喜色が浮かんだ。

「そうか、記録器材をほとんど持っていなかったとしても」

「こいつだけはいつでも持ち歩いているんです」

端末機に取り付けられているのは小型のＣＣＤカメラだ。いわゆるデジタルカメラが装備されていて、映像をコンピュータ通信を使ってどこへでも発信できるようになっているのである。もちろん映像を記録することもできる。電源を入れ、いくつかのキーを操作しながら、内藤は遺跡を見たときの模様を説明しはじめた。


――かなわないな。

何度目か、同じ言葉を胸に浮かべて、内藤は汗を拭《ぬぐ》った。「あと少しですから」と、これまた二度三度同じ言葉を弓削佐久哉が口にしてから、すでに一時間以上も歩き詰めであった。緑濃い木陰につづく道を歩いているのだが、絶対的な気温と運動量が「初秋」や「涼やかさ」という言葉の意味を、内藤と弓削の周囲から遠ざけていた。

そうして三時間余りも歩いたのち「ここから斜面を登ります」と、弓削が用意しておいた鉈《なた》で周囲の下生えを刈りはじめた。内藤の表情が露骨に暗くなったのを見て取ったのか「本当にもうすぐです」とも付け加えた。

そこから五十メートルほど直登すると、急に斜面に角度がなくなり、二メートル四方の棚状地が現われた。

「これですか？」

「ええ、あそこを」と弓削が指差す方向に、山の斜面を垂直に切り取った形の壁があり、夏草に覆われた穴の入り口があった。

「横穴式ですね」

「なかに入ってもらえばすぐに構造がわかりますが、地の利を実にうまく活《い》かしてありますよ」

弓削はしゃべりながらも周囲の夏草を、鉈で払う。それまでの疲れが汗と共に引き、内藤はカバンから携帯用の情報端末機を取り出した。

「それは?」

「小型のデジタルカメラが装備されているんです。これだけはいつでも持ち歩いているんですよ。なにかと便利でしてね」

「そうですか。いつでも持ち歩いているのですか」という弓削の声を、耳の横で聞き流しながら、内藤は穴の周辺の様子をカメラに収めた。「これを見てください」と、穴の入り口付近を靴の先で掘り返した弓削が、小石状のものを取り上げた。

「溶岩のようにも見えますね」

「ここらあたりに火山はありませんよ。かなりの量の金属が含まれているでしょう」

「銑鉄《ずく》ですか」

「……たぶん。ただし専門機関に調査を依頼したわけではありません。すべては内藤る。


「先生に見ていただいてから、と決めていましたから」

　銑鉄は、鉄鉱石や砂鉄から溶鉱炉を使って取り出した、もっとも初期段階の鉄である。

　――とすると、これはやはり古代の製鉄施設！

　肩から背中にかけての筋肉の緊張をほぐすように、内藤は肩を前後左右に揺すった。

「なかを見てみましょう」と弓削にいわれると、我知らず喉《のど》がごくりと鳴った。弓削が送ってきた手紙によれば、かなり古い形の製鉄施設らしいものが、あるという。おとな一人が入れるだけの大きさの入り口をくぐると、内部は意外なほど広い。およそ六畳ばかりの空間は、周囲の壁が石積みで造られている。懐中電灯が必要ないほど明るいのは、天井が明かり採りの形で大きく開いているからだ。

　空間の中心部に、二メートル×一メートルほどの四角に切った石作りの箱が備えられている。四角とはいうが、入り口に向いた箱の一辺は、大きく抉《えぐ》り取られていた。

「箱の左右の壁には、それぞれ二十センチ四方の穴が開けられています」

「たしかに。つまりはここから大型の鞴《ふいご》を使って送風したのだろうか」

「箱のなかにも、先程の銑鉄状のものと同じものが多数見られます」

「そうだね」

　内藤のなかでしきりと「落ち着け」という言葉が聞こえた。聞こえはしたがとてもではないが落ち着ける状態ではなかった。心臓の鼓動が喉の真下にまで聞こえ、気温や体力の消耗によるものではない汗が、しきりと脇の下を伝う。デジタルカメラのシャッターにあたるキーを、冷静に押している自分が不思議なほどだった。が、実際はそうでもなかったらしい。いつのまにか記憶容量がいっぱいになり、画面にそのことを告げるメッセージが点灯しているにもかかわらず、自分がキーを押しつづけていることに、しばらくたって気がついた。

「いかがですか」という、弓削の声までがひどく遠くに聞こえた。

炉の構造そのものはひどく単純である。四角に切った石作りの箱が溶鉱炉の本体だ。そこに木炭をぎっしりと敷き詰め、上から大量の砂鉄をかぶせて点火するのだ。左右の鞴《ふいご》で強制的に風を送れば、炉内の温度は急速に上がって、鉄の融点である千五百三十五度に近く――実際には千三百度ほどだろう――になるはずだ。

「こうして炉から流れだした銑鉄は穴を出て、斜面を下るうちに自然冷却するのです」

「あとは水でもかけてやればいいというわけか」

「残念ながら、鞴《ふいご》の痕跡《こんせき》を示すものはありませんでしたが、これは炉を捨てたときに持ち去ったからでしょう」

古代の製鉄技術者が山々を渡り歩くのは、なにも砂鉄がなくなったからだけではない。製鉄技術とは、別の側面から見ると木炭の大量消費技術でもある。周辺の山々を丸裸にすれば、あとは別の地域に移るしかない。鞴は移動のときに絶対に手放せない、彼らの命ともいえる道具だったのだろう。

「あとは、炉の年代測定だねえ」

「科学測定はいずれしっかり行なう必要があるでしょうね。けれど形状からいうと、岡山県苫田《とまた》郡（現在は津山市）で発見された《キナザコ製鉄遺跡》に近いように思えます」

「キナザコ遺跡は、たしか八世紀中ごろのものだったね」

「ただし、規模はこれの半分もありません」

その言葉と、山に埋もれた溶鉱炉遺跡とそれを使用したかつての製鉄民族、そしてだいだらぼっちの巨人伝説とが朧《おぼろ》げながら結びついた。

「そうか。ほとんどの製鉄民族が未《いま》だ粗悪かつ原始的な製鉄を行なっていたなかで、ごく一部の一族のみが、驚くほど高度で大規模な製鉄を行なっていたのか」

「ええ、それがだいだらぼっちの一族。技術の高さと規模の大きさとが、巨人伝説の隠された根源にあったのではないでしょうか」

製鉄民族の足跡、そのすべてにだいだらぼっち伝説が重なっているわけではないことも、それで説明がつく。

「だが、結論を急いではいけない」

「もちろんです！　そのために内藤先生をお呼びしたんですから。二人で徹底的に遺跡を調べ、そのうえで共同研究として世に問いかけましょう」

「うっ、うん。そうだね」

弓削の差し出した手を、内藤は両手で包むように握った。そうすることでしか、胸にわきあがった興奮と情熱を、弓削に伝える手段が思いつかなかった。

長い話を終えると、いつのまにそうしていたのか、畳に身を横たえた蓮丈那智が
「そういうことか」とつぶやいた。表情がひどく硬く、眉根《まゆね》を吊《つ》り上《あ》げるように顰《ひそ》めているその顔を見ると、話をしながら再び興奮のよみがえりつつあった内藤は、背中に冷水を浴びせかけられた気分になった。

「あの……なにか、その」

「ところで、弓削君はどうやって遺跡を発見したと？　ずいぶんと古代製鉄史に詳しいようだが。そんな彼がまるで用意されたように溶鉱炉遺跡を発見したというのは……きみはおかしいとは思わなかったのかな」

「いや、彼はもともと古代史全般に興味をもっていたようですが、製鉄史には詳しくなかったそうです。半年ほど前、たまたまあの遺跡を発見してから、独自に資料を集

め、研究を始めたといっていましたよ」

「ふうん、卵と鶏だな」と那智は謎めいた一言を口にしたきり、再び硬い表情に戻った。

「でも、彼の仮説は面白いでしょう」

「ああ、発想がユニークだ。いっそきみの説として学会に発表してみる？」

「まさか！　そこまで性根を腐らせちゃいませんてば」

「まあ、弓削君の仮説はそれだけじゃなかったようだし、ね」

「そこなんですよ、彼はもっと大きな仮説を立てていたはずなんです。それがわからないかぎり、学説としては弱い」

「おまけに遺跡の再発掘が認められそうにない現状では、発表は難しいな」

「さすがにデジタルカメラで撮影した映像が三十枚ほどでは、資料としてちょっと」

「その映像だけど、プリントアウトできるかな。なるべく詳細がわかる形で」

「やってみますが……もともとが画素数の少ないカメラなんです。データを東京の出力屋に転送したうえで、大きく伸ばしてもらいます」

「頼んだよ」

内藤には、もうひとつ気持ちに引っかかっていることがあった。「あの」と口にしたまま言葉を継げずにいると、那智が半身を起こして姿勢を正した。視線を真っすぐに向けられると、それだけで爪先《つまさき》にまで緊張が走る気がした。

《狐《きつね》》と名乗った女性のことである。そして、

——税所《さいしょ》コレクションとは、なんだ。

事故のあとで、警察から宿屋での待機を請われた内藤は、時間の合間に情報端末機を使ってインターネットへのアクセスを試みた。検索エンジンを使い《税所コレクション》で検索を試みたのだが、一件もヒットする情報がなかった。《狐》はたしかに「気をつけろ」と忠告したのである。しかも自分が蓮丈那智の研究室の人間であることまで知っていた。ということは遺跡もしくは弓削の立てた仮説に、《税所コレクション》が、なんらかの形で関わっているということではないのか。

なおも言葉を選んでいると「ミクニ!」と、那智の言葉がとんできた。

「はっ、はい。実はひとつだけお聞きしたいことが」

「いってごらん」

「那智先生は《税所コレクション》という言葉について、なにかご存じではありませんか」

「いや、知らない」

那智の返事はにべもない。が、そこに内藤は嘘の匂いを嗅《か》いだ。蓮丈那智という学者はさまざまな場面でこうした話し方をすることはあるけれど、自ら聞いたことのな

い、しかもわずかでも研究に関係のありそうな言葉については、言葉にする前に再確認を行なう。半ば本能的に、である。

――先生はなにかを知っている。

が、もうひとつの確信として、蓮丈那智がいったん話さないと決めた事柄について、たとえ内藤が研究者生命を賭《か》けるといったところで、彼女を翻意させることなど不可能であることを知っている。

唇を嚙《か》んだまま言葉を失った内藤に、那智が声をかけた。

「もうひとつ、ミクニに調べてほしいことがある」

4

県立の古文書館を訪れた内藤は、いくつかの資料の閲覧《えつらん》申請を出し、許可の下りるまでの時間をつぶすべく開架資料室へと向かった。一般の蔵書資料と違い、古い時代の資料の現物閲覧はときに責任者の決裁を必要とする。それも大学職員であることを証明するものがあればこそで、一般人にはほとんど公開されることはない。内藤が必要としていたのはこの地方の風土《ふど》記《き》の写本、それもさまざまな時代に書かれたものをできるかぎりすべて、だった。「片葉の葦《あし》ねえ」と、歩きながらつぶやいた自分の声が、いかにも無気力なようで気持ちが余計に滅入《めい》ってきた。

——片葉の葦といえば、たしか本所七不思議のひとつでしょう。

呪いのたぐいを因果の《因》として、茎の片方にしか葉の生えなくなった葦のことである。蓮丈那智が調べるように指示したのは「この地方に片葉の葦伝説がいくつくらい伝播《でんぱ》しているか」であり、その分布情況をできるかぎり詳しく知りたいというものだった。

高度な製鉄技術をもった一族《だいだらぼっち》と、片方にしか葉をつけない呪われた葦とがどこでどう結びつくのか。たぶん那智の頭脳内ではそれらは有機的な結びつきをしているのだろう。けれどそうしたことをあらかじめ告げないのが彼女のやり方であり、周囲を苛立《いらだ》たせる原因でもある。「先入観をもたせないため」といわれればそれまでだが、しばしばこうした調査に翻弄《ほんろう》されている内藤にしてみれば、自分の無能さを思い知らされるようで内心は面白くない。まして弓削の仮説の最後の部分が見えてこない以上、できればその調査に自ら深く関わりたいとの本音もあった。

開架資料室で、自分の名前が呼ばれるまでの時間をつぶしていた内藤は、部屋の隅で思いがけない人物の姿を見つけた。

——あれは《狐》！

一分の隙もないスーツ姿はあの時と同じである。時折前髪をかきあげるようにしながら、手にした資料に見入っている。

声をかけるべきか知らないふりをすべきか、しばらく迷ったのちに内藤は前者の行動を選択した。特に理由はないというのに、遠回りに《狐》に近づいたのは、頭の隅に「狐狩」のイメージがあったせいかもしれなかった。

「この間は、どうも！」と、小さいながらはっきりとした言葉をかけると、一瞬驚いた表情になった《狐》が、すぐに無表情になって再び資料に眼を落とした。

「どうしたのですか。わたしや弓削氏の調査に興味があったのではありませんか」

「…………」

「弓削氏の事故のことはご存じですよね」

「…………ええ」とようやく開いた唇から一言いうと、《狐》は資料を閉じ、なぜだか痛ましげな表情で内藤を見た。

「あなたと弓削氏はどのような関係なのですか。それに《税所コレクション》とはなんですか。色々調べてみましたが、どうもわからない。せめてヒントだけでも教えてくれませんか」

「ああ、あれはもういいのです。あなたが興味をもつ必要のなくなったものです」

《狐》の言葉に、内藤は激情に似た感情を覚えた。

「冗談じゃない。人をなんだと思っているんだ。調べてみろといったかと思えば、今度は興味をもつ必要がないだと」

「そのことについては謝ります。でもお願いですから、もう《税所コレクション》には、興味をもたないでください。それがあなたのためでもあります」

なんの感情も込めない《狐》の口調が、コレクションのことを問うたときの那智の反応に似ている。そのことをもっと深く考えるべきであることはわかっていたが、内藤は自分の感情を抑えきれなかった。

「だめだ。今度のことは弓削氏の仮説を含めて謎が多すぎる」

その言葉に今度は《狐》が反応した。身体《からだ》ごと向き直って「仮説」という言葉を繰り返した。図書館内であることをはじめて意識したのか、眼で表を指した。内藤がうなずくと、資料を棚に戻して《狐》は歩きだした。

古文書館の中庭に立つと、建物の硬質な雰囲気を背景に《狐》のもつ空気が凜《りん》として際立つ気がした。そうしたところまで蓮丈那智と似ていなくもない。真っすぐにこちらを見る彼女に向かって、

「いったい、あなたは何者ですか」

と、内藤は問いかけた。口のなかにわずかな渇きを感じた。

「その前に、弓削氏の立てた仮説というのを教えていただけませんか。あの人はいったいどんな話で、あなたを誘い出したのです」

誘い出すという言葉に抵抗を覚えたものの、内藤はこれまでの経緯をすべて話して聞かせた。そうさせる雰囲気が《狐》にはあった。一時間以上はかかっただろうか。話が終わると、彼女の表情もまとう空気も、すべてが一変していた。「そうだったの」という一言は、およそ負の感情といわれるもののすべてを含んで、内藤を圧倒した。

——ああ、これはだめだ。

那智の研究室にいるときの習い性で、内藤は一瞬のうちにイニシアチブが《狐》の手に渡ったことを悟った。こうなると、なんの追及も論争もできなくなることを、本能が知っている。《狐》の態度が那智と同じになり、内藤は研究室内にいるときの内藤三國そのものになってしまう。

「あの……先程のぼくの問いには答えてもらっていませんけど」

「ああ、御免なさい。今のわたしには名乗るほどの名前がないの、勘弁してね。それから……」

《狐》が考え込む仕草になった。

「そうね、あなたは蓮丈先生の研究室の人ですものね。隠しておいたところで、いつかは真相にたどり着いてしまう。知らず知らずに深みに嵌《は》まってしまうよりも、いっそ相手の正体を知ったうえで、それに近づかない努力をしたほうがいいのかもしれない」

「どういうことですか」

「ひとつ約束してほしい。《税所《さいしょ》コレクション》についてこれからおおよそのことをお話しします。けれどできうるならこの場で忘れてください。そして二度とコレクションのことを口にしないで」

《狐》の口から、明治を生きた一人の政治家、税所篤《あつし》と彼にまつわる数奇な物語が語られた。


宿屋に戻ると、蓮丈那智は文庫サイズの本を読んでいるところだった。表紙に『日本書紀』とある。内藤が帰ってきた空気を察しても本から顔を上げることなく、

「例の一件はどうだった、調べはついたかな」

「あ——っ!!」

その時になって内藤は、古文書館に資料の請求をしたままであったことを思い出した。

「すみません！ すぐに資料を取りに……」

「もう八時を回っているよ。いったいなにがあったの」

「あの……それがですね」

口籠《くちご》もる内藤に、那智の視線がとりあえず座りなさいと告げた。不意に胸にこみあ

げる感情があったが、それが怒りなのか悲しみなのか、内藤にはよくわからなかった。わからないなりに、唇を突いて出ようとする言葉の奔流を押し止《とど》めようとした。その様子を見ただけで、蓮丈那智はことのすべてを理解したのか「悪い偶然が起きてしまったようね」とだけいった。

「そうか。先生のところにも《狐》からの連絡が」

「弓削氏の事故があってからすぐに……研究室に電話があった。今回の事件には《税所コレクション》が絡んでいると、彼女から聞いたんだ」

「やはりコレクションのことを知っていたんですか」

「わたしは民俗学者だよ。さほど詳しいことを知っているわけじゃない。けれど考古学を……ことに古墳を専門に研究している学者にとって《税所コレクション》の名前はあまりに有名だ」

《税所コレクション》。その名前の由来となった税所篤は、薩摩《さつま》藩の出身で明治三年に堺県知事に任命され、翌年名称変更により県令となった。堺県が大阪府に合併される明治十四年まで、税所は県令の立場を最大限に振りかざして前代未聞の暴挙に走ったのである。それが彼の名前を考古学界の歴史に長く残す結果となった。すなわち、畿内《きない》における大がかりな墳墓の発掘である。

「県令の威光を背に、勝手に古墳の発掘をしてしまうなんて」

「発掘という言葉を使うと、考古学者から叱咤《しった》されるかもしれないね」

「かなり考古学に興味があった人のようですね」

「だからといって発掘によって出土したものを、自分のコレクションに加えてよいという話にはならない」

「大盗掘という言葉で表現している学者もいるようです」

「《狐》とは、他にどんなことを話した？」

税所篤が収集したコレクションは、今現在ほとんどが行方知れずになっている。《税所コレクション》が、幻といわれるゆえんである。しかし、たとえ散逸したとしても、しょせんは個人が勝手に掘り出した墳墓からの出土品である。那智や《狐》がそこまで神経質になる理由がどうしてもわからない。結局《狐》もその部分については「知らないほうがいい」と誤魔化すばかりであった。改めてそのことを、那智に問いかけてみた。

珍しく那智の目に迷いの色が見えた。やがて意志が固まったのか、「あくまでも巷《こう》説《せつ》として」と前置きして、「明治維新とは、結局なんだったのだろう」と、内藤にたずねた。

「つまり、政権の移動でしょうか」

「そう。王政復古の名称が示すように、新政府は天皇を頭にいただいた天皇制中央集権国家を作り上げようとした。税所篤は、そうした政府の中心にいた人物だ」

「それってまさか」

内藤は、軽く身震いした。那智の唇が恐ろしい事実を告げようとしていることを、はっきりと予感した。明治五年には、税所はあの仁徳《にんとく》天皇陵の発掘さえも行なっている。政府には鳥糞《ちょうふん》の清掃を口実にしていたらしいが、のちの検分によるとその形跡はなかったそうだ。天皇を頭にいただく政府高官としては、不敬に過ぎる行為ではないのか。

「税所による発掘が、彼個人の意志によるものではないとしたら？　もっと大きな力が働いていたとしたら？　コレクションが闇に消えた理由が、そこに起因しているとしたら？　そう、すべては仮説でしかない。けれど《税所コレクション》に関わった者の多くが、不幸な結果に見舞われている事実を前にすれば、仮説は本来の意味以上の重みをもつことになるかもしれない」

「もしかしたら《狐《きつね》》も……けれど彼女はぼくに接触した当初は《税所コレクション》について調べてみろとまでいったのですよ」

「そのことについては、おいおいわかってくるだろう」

「先生、税所篤を動かしていた力ってなんですか」

「わからない。けれど我々学者が、知的好奇心の名のもとに安易に触れてはいけない世界は、意外に多いものだ」

わかったようなわからないような、けれど納得するしかない口調で那智が議論の終決を告げた。

「それよりも当面は弓削氏の立てた仮説について考えてみよう」

話をうまくはぐらかされた気がしないでもなかったが、内藤にはそもそも反論の権利がない。しかも古代の溶鉱炉遺跡と、明治の政治家が行なった大規模な墳墓の発掘、そして出土品の謎をリンクさせる想像力を自分がもち合わせていないことを、十分に理解していた。

「ところで、あの片葉の葦《あし》はどういう意味があるんです」

「あれはね、だいだらぼっちとたたら製鉄技術集団とを繋《つな》ぐリングのようなもの」

「リング……ですか」

「近世期に造られたと思われる中規模以上の製鉄所の遺跡にだいだらぼっちの伝説の分布を重ねるの。するとね、そこに不思議なほど高い確率で片葉の葦の伝説が一致していることがわかる」

「どうしてですか」

「たぶん大規模な鞴《ふいご》である、踏鞴《たたら》のせいだろうね。かなりの大きさの足踏み鞴をずっと踏みつづけると、利《き》き足の筋肉のみが不自然に発達して、ひどくバランスの悪い肉体が出来上がるのではないかな」

「ああ、左右アンバランスな足と、茎の片方しか葉の生えない葦とをイメージで合成したわけですか」

「決定的な証拠ではない。ほんの傍証だけれど……」

急に歯切れが悪くなった。

――証拠？　どういうことだ。

那智の思考が再びわからなくなった。すると、

「弓削氏から、岡山県津山市にある、中山神社の社伝のコピーを受け取ったといわなかったっけ」

「ええ、ありますよ」

「それでなにもかもわかるかもしれない」

「弓削氏の仮説のすべてが、ですか」

「ああ、彼はとんでもない着想を隠していたらしい。しかし、なあ……」

「先生、今夜はなんだか変ですよ。いつもの蓮丈那智先生らしくないです」

「そうだね、そうかもしれない。けれどどこんなときもあるさ」

その日も、翌日も、結局東京に帰るまで蓮丈那智の口から弓削佐久哉が立てた仮説について、説明されることはなかった。

5

東京に戻って、何事もない数日が過ぎた。何度か那智に質問を試みたが彼女の首を縦に振らせることはできなかった。

だがその日。内藤は蓮丈那智から「今日の夜は空いているかな」と唐突に打診を受けた。直感が、

――例の一件だ！

と告げる。そうなればたとえ見合いの約束があろうと――あくまでも喩《たと》え話である――機を逃すような愚をおかすわけにはいかない。その夜、内藤が案内されたのは、世田谷区三軒茶屋の、とあるビア・バーだった。地下鉄の駅を出て、いくつかの路地を過ぎた所にある小さな店で、白い等身大の提灯《ちょうちん》に店名が書かれていたようだが、見過ごしてしまった。店内はカウンターとテーブルが二卓。間接照明の落ち着いた雰囲気は、カウンターに那智が座るだけで絵になりそうだった。

「どうしたんです、この店」

「ある人に紹介された。度数のちがうビールを何種類かおいてあるし、料理もいい」

「はあ」といいながら、内藤は完全に場違いな自分の存在を感じた。二人は度数のや

や高いビールと、店の主人のお任せの料理を注文した。出てきたピルスナーグラスが、瞬く間に空になる。そのタイミングを計ったようにお代わりのグラスが出てくる。そうして三杯めのグラスが空になり「次はマティーニ・オンザロックスを」と、那智が注文したところでようやく二人の間の澱《よど》んだままの空気に、動きが生まれた。

「はるか昔、鉄をめぐる戦いがいくつもあった。そしてその勝利者は歴史に名を残し、彼らに協力した製鉄技術者は《だいだらぼっち伝説》になった」

那智が感情を圧《お》し殺した声で一息にいった。

「弓削氏も、たしか同じようなことを……。けれど鉄をめぐる戦争といっても」

「形を変えているからわからないだけ」

「形を変える？」

「そう。いちばん初めに起きた戦いは、古事記のなかでスサノオノミコトの国譲り伝説として伝えられる。あれはね、青銅器文明の民族が鉄器文明の民族に制圧された物語だったんだ」

「鉄器文明の民族というのが……」

「大和朝廷だ。古事記において国を譲られるのは大国主命《おおくにぬしのみこと》ことオオナムチだろう。そして岡山県津山市の中山神社社伝にいうところの、物部肩野乙麿がもともと信仰していたのもオオナムチ神。これをどう見る」

「そうか！　物部一族は朝廷の軍部を束ねる一族だ。それはつまり製鉄技術者を統括するという意味でもあったんだ」

内藤は弓削の言葉を思い出していた。鉄は飛躍的な生産力をあげる利器であると同時に、石器や青銅器とは比べものにならない殺傷能力を保持する武器でもある。生産と破壊の二面において爆発的な能力のある鉄は、神として崇《あが》められたはずである。物部一族が信仰していたオオナムチこそが、製鉄の神であったのだ。

——だが、社伝のなかでオオナムチ神は金山彦神《かなやまびこのかみ》に取って代わられてしまう。

そこになんらかの意味があるはずだった。弓削もそのことを会話の端々に匂わせていた。

「つまり二度目の鉄をめぐる戦いは、オオナムチ神と金山彦神との交替劇ですね」

「それがなんであったか。これもやはり中山神社の社伝を読めば見えてくる」

「物部肩野乙麿《もののべのかたのおとまろ》は、金山彦神に博打《ばくち》で負けて土地を奪われるのでしたね」

「その後だ、問題は」

「ええっと、土地を移って仏教寺を……」

「どうやらわかったようだ」

「物部一族が仏教寺を営むはずがない！」

仏教が日本に正式に伝わったのは西暦五三八年といわれる。百済《くだら》の聖明王が仏像と教典を献じたと日本書紀にある。このとき、新興宗教である仏教を積極的に取り入れたのが蘇我《そが》一族。対して徹底的にこれを弾圧し、日本古来の国津神《くにつかみ》を信仰していたのが物部一族である。

「じゃあ先生、次に行なわれた鉄をめぐる戦いというのは、もしかして」

「日本書紀に仏教戦争として語られる、物部と蘇我の戦いだよ」

「でもそれがどうして鉄と鉄との戦いなのですか？」

自家製と見られるソーセージと野菜をトマトソースで煮たものが二人の間に供された。酸味の強いソースの香りが、本来なら食欲を刺激するのだろうが、このとき内藤は料理に手を付けることを忘れていた。それを見て取ったのか、店の主人が「あとでもう一度お出しします」と皿を下げていった。

「製鉄の歴史という奴には謎が多すぎる。そもそも人類が鉄を手に入れたことにしても、隕《いん》（石）鉄《てつ》からだという説も、溶岩流から得たという説もある」

「山火事で偶然に天然製鉄が行なわれたという説もあるそうですね」

「製鉄技術の技術革新にしてからがそう。鋼鉄の製造は中世以降、ヨーロッパで造られた技術といわれていたけれど、近年、古代中国では紀元前三世紀頃には《炒鋼法《しょうこう》》という、脱炭素鋼の製造が行なわれていたことがわかっている。これは銑鉄を再加熱して溶解し、木の棒で攪拌《かくはん》することで、炭素を燃焼させる方法だ。これは技術的にはともかく、考え方だけを取り上げれば現代の鋼鉄の作り方とほとんど変わりがない」

ヨーロッパで確立された鋼鉄の製造方法である《滲炭法《しんたん》》は、乾燥させた牛骨と塩、それに牛馬の糞尿《ふんにょう》を使用したものだが、この祖形ともいえる伝説がある。すなわち鉄を砕いて餌に混ぜ、鳥に食べさせて糞に混じった鉄を再び精錬するというやり方である。《ウィーランドの鉄剣伝説》と呼ばれるこの説話も、源流を探ると相当に古いことがわかっている。いずれも「鉄に含まれる炭素量を調節する」という一点において共通している。つまり相当に古い時代から、一部の製鉄技術者は鉄の硬度と粘りが、炭素含有量によって決まることを知っていたということである。

そうしたことを説明されても、内藤には今ひとつピンとくるものがなかった。

「でも、蘇我氏が仏教を取り入れたからといって」

「ミクニ」と、那智が口にした。その眼に宿る感情を、内藤は読むことができなかった。

「仏教を宗教の側面だけで考えてはいけない。仏教の伝来は同時に、当時の世界の最先端技術の伝来でもあったはずだ。医療技術しかり建築技術しかり。日本書紀に描かれた蘇我馬子像を読み直してご覧。権謀術策の限りを尽くして権力の座を得ようとする男の姿と、敬虔《けいけん》な仏教の信仰者で、物部一族からの執拗《しつよう》な攻撃に耐えてまで信仰を守りぬいた男の姿が、どうやったら重なるというんだ。彼は仏教なんて信じていたはずがない。彼が欲しかったのは仏教という宗教についてくる付属の技術。いや、多分……そうこれは多分としかいいようがないけれど、蘇我馬子が本当に欲しがったのは、物部一族に対抗するために必要な、それまでの製鉄技術をはるかに凌駕《りょうが》する新しい製鉄技術」

那智がバッグから『日本書紀』を取り出し、ページを開いてみせた。

「これは?」

「馬子が欲しがっていたものを得たときの記述」

それは馬子が仏舎利を得たときの記述だった。

『馬子宿禰《うまこのすくね》、試《こころみ》に舎利を以て、鐵《くろがね》の質《あて》の中《うち》に置きて、鐵の鎚《つち》を振いて打つ。其《そ》の質と鎚と、悉《ことごとく》に摧《くだ》け壊《やぶ》れぬ。而《しか》れども舎利をば摧き毀《やぶ》らず。又、舎利を水に投《なげい》る。舎利、心の所願《ねがい》の隨《まま》に、水に浮び沈む。(馬子宿禰は、ためしに舎利を金床の上において、鉄の鎚で打った。鎚と台とは破れ砕けたが舎利は損なわれなかった。また舎利を水に投げ入れると、舎利は心の願うとおりに浮かんだり沈んだりした)』

「鉄の台と鎚とに従来の鉄としての記号を与え、仏舎利に別の記号を与えてごらん」

「つまり従来の鉄よりも強固な物質という記号。水に浮いたり沈んだりするというのは、軽やかという意味でしょうか。つまり仏舎利こそが……」

「馬子の欲しがった新しい鉄であり、それを作っていたのが」

「だいだらぼっちと呼ばれた製鉄民族」

「たぶん、先程の中国大陸系の製鉄技術者だね。朝鮮半島を経由して、やってきたのだろう」

「日本書紀に書かれた蘇我と物部の仏教戦争は、新旧の製鉄技術の戦いだったんだ」

「そう、結果は歴史が教えてくれるし、中山神社の社伝を読んでもわかる。オオナムチは最新製鉄技術者の奉る金山彦神に敗れて追われてしまう」

「仏教戦争が実は製鉄技術戦争であったことも、社伝の最後で物部一族の一人が仏教寺を営むという表現に塗り込められていたんですね」

古い製鉄技術（オオナムチ）を崇めていた物部一族は、新しい製鉄技術（金山彦神）を崇める蘇我一族に滅亡させられる。金山毘《ひ》古・金山毘《ひ》売《め》の二神は物部一族にとっては死神でしかなかった。

――つまり《双死神》か……!!

一気に盛り上がった情熱が一旦《いったん》は冷め、そして間髪を容《い》れずに再びこみあげてきた。狂おしいほどの激情といってもよかった。

「凄《すご》いですよ、先生！　これを世に問いましょう。そうすればあの事故現場だって必ず発掘の許可が下りますって。あれが古代の大規模な製鉄施設であったことが証明されれば、これはすばらしい発見じゃありませんか」

頂点まで上り詰めた内藤の興奮は、那智の視線を浴びてたちまち萎《な》えた。そこにあるのは悲しみ以外のなにものでもない。ときに不遜《ふそん》と呼ばれ、ときに異端と呼ばれても決して動じることのない民俗学者に、もっともふさわしくない表情であった。

「だめなんだ……ミクニ。この仮説はどこにも発表することができない」

「どうしてですか。どうしてそんなに悲しい眼をするんです。あの遺跡さえ発掘してしまえば仮説は仮説でなくなります」

だが那智は「だめなんだ」と「すまない」とを繰り返すばかりだった。

店の入り口で「続きはわたしがお話ししましょう」と声がして、足音がこちらに近づいてきた。

「あなたは《狐《きつね》》！」

「こんばんは、内藤さん」

「どうしてここへ？」

「この店を蓮丈先生に紹介したのはわたしですもの。それに今夜は蓮丈先生からのご招待」

「先生が、あなたを……」

「先生は今夜で事件のすべてに幕を引くおつもり。そうでしょう。でなければ大切な助手が《税所《さいしょ》コレクション》なんていう、歴史学のブラックホールに巻き込まれかねないから」

「いったいなにをいっているんです。もうぼくは《税所コレクション》なんてものには興味がない。それよりも古代製鉄史を書き替える仮説について——」

「その仮説を立てた弓削佐久哉氏が、《税所コレクション》に関係しているとしたら」

「はあ⁉」

「そればかりじゃない。その仮説をもちだしてあなたを遺跡に誘い込み、とんでもないことをしでかそうとしていたら」

急速に頭のなかが混乱をはじめたのは、《狐》の話している意味がわからないからだけではなかった。那智と《狐》が並ぶと、そこには不思議な調和と反発が同時存在する錯覚に襲われるのである。静と動。光と闇。世界を構成する二律背反の原則が、この小さなビア・バーで完成形を見せている。「ミクニ」という声で、ようやく現実に引き戻された。

「ミクニは、弓削氏の手紙によってだいだらぼっちと製鉄民族の関係に興味を抱いた。そして仮説を実証するためには、従来いわれているよりももっと古い時代から、大規模なたたら製鉄が行なわれていなければならないという事実も知った。そこなんだ、問題は。ミクニはあの手紙ですでに先入観を植えつけられていた。もしそうでなければ、遺跡に入った瞬間に製鉄施設と見るよりも、もっと別のものに見えたはずなんだ」

内藤はＣＣＤカメラで撮影した遺跡を頭に思い浮かべた。

「あの……それってもしかしたら……古墳……ですか」

那智と《狐》が同時にうなずいた。

「でも鞴《ふいご》からの送風口も、いや、それに銑鉄《ずく》らしいものが一面に散らばっていて」

「そんなものは石棺に細工すれば済むことだし、銑鉄の欠片《かけら》は他から持ち込めばいい。わたしの見るところ、あれはすでに江戸時代には盗掘が行なわれたあとの古墳だ。天井の穴が、盗掘屋たちの侵入路だろう」

「でもですね……あの……だってどうしてそんなことをする必要があるんですか！」

「それはね」と《狐》がいった。「彼ら弓削一族は《税所コレクション》に深く関わっていたから」

「それがどうしたんです」

「すでに盗掘屋に荒らされた古墳など、学問的にもなんの価値もない。けれどたったひとつ有効な使い道がある。つまりは別の古墳から運び出してきた出土品の隠し場所」

「じゃあ、弓削たちが《税所コレクション》をあの場所に隠していたと？　いや……

それはそれでいいとしましょう。だけれどどうしてぼくを巻き込む必要があるんです。どうして石棺に細工までしてあれを製鉄遺跡に見せかけなきゃいけないんです」

「ミクニ」と言葉を継いだのは那智だった。

「この女性がずっと《税所コレクション》を追いつづけていて、しかも弓削たちの存在に気づいたうえに隠し場所である古墳のことまで知ってしまったから」

「すると？」と聞くと、再び話し手は《狐》になった。

「弓削は古墳そのものを消し去り、なおかつ邪魔な追跡者までも消すことを考えたの。未発見の——といってもすでに盗掘はされているけれど——遺跡を発見した在野《ざいや》の地方史家が、中央の研究者にそれを伝える。研究者がそこにやってくると、そこにはちょうど発掘美術品を扱うことの多い、しかも現在は闇ブローカーに成り下がっている元旗師《はたし》（店舗をもたない骨董《こっとう》ブローカーのこと）がいる。二人して遺跡に入ったところ、急に遺跡が崩落して二人は哀れ事故死……という筋書き。もしかしたら死ぬのはわたし一人で、あなたは弓削がなにも手を下していないことを証明する役目だったかもしれないけれど。事故の数日前に、わたしは弓削から『あんたには根負けをした。いいだろう。我が一族がコレクションを隠しておいた場所に案内してやろう』という電話を受けていた」

「でも……そんなにタイミングよく崩落が起こせるかなあ」

「建設業界には特殊なセメントがあるわ。ビルの爆破に使われるのだけど、吸水すると体積が一気に数倍になるのよ。老朽化したビルの要所要所にドリルで穴を開け、このセメントを詰めて水を注ぐと……」

「ビルはヒビだらけになり、少量の爆薬であっさりと破壊される。ああ、たしかそんなTV番組を見たことがありますよ」

那智が「弓削は天気を気にしていなかったかな」とたずねた。それにうなずくと、

「内部の石積みの隙間に特殊なセメントを詰めておけば、やがて雨が降りだして崩落する仕組みだよ。この方法なら成功するまで何度でも試すことができる。あるいは万全を期すために適量の水をポリタンクにでも詰めて運んでおいたかもしれない。それくらいならきみの目を盗んで流すことは可能だ」

「ちょっと待ってください。だったらどうして弓削本人が崩落で死んでしまったんです。たしかに彼は天候のことを気にしていました。たぶんぼくを案内した初日の夜にでも遺跡に戻り、細工を施したのでしょう。翌日の夜から雨だといっていましたが、本当のところは午後から降る予報がでていたのかもしれない。でも前の夜は雨は降らなかった。そんな予報もでていなかったんです。だのにどうして彼は」

そこまで話して、内藤のなかに蘇《よみがえ》る記憶があった。癒着していた瘡蓋《かさぶた》を強制的にピンセットではぎ取るときのような、気持ちの悪い痛みが走った。「ゴルフ場だ」とい

う言葉が、搾り出された。

「どうした」と那智と《狐》の声がハモった。

「ゴルフ場の排水の不法投棄です」

宿屋で耳にしたゴルフ場から出る有毒排水の不法投棄の問題と、それを糾弾する地元グループのことを説明した。

「なるほど、汚水槽に貯めた排水はポンプを使ってどこかに流しているのだろうが、排水口が遺跡の近くにあった、というわけね」

「たぶん……昼間は大っぴらに流すわけにはいきませんから、夜にでも、まとめて」

「そんなことを知らない弓削は、自分で細工した仕掛けに引っかかった」

内藤は、例の仮説を発表することはできないといった那智の言葉をようやく理解した。

──遺跡そのものが、偽物《ぎぶつ》ではな。

遺跡がなければ仮説は仮説でしかない。けれどその遺跡が偽造されたものであるとわかれば、説そのものが偽物の扱いを受けてしまう。いったん偽物のレッテルをはられた仮説に、二度と復活の機会が与えられることはない。そうした世界なのである。

「《狐》さんは、弓削がなにかやることを知っていたのですか。それでぼくに忠告を」

「別に確信があったわけじゃないわ。けれど胡散《うさん》臭い世界に生きているもの同士、なんとなく先の考えが読めるものなの」

——そういえば。

と、先程の《狐》の言葉を思い出した。「発掘美術品を扱うことの多い、しかも現在は闇ブローカーに成り下がっている元旗師」という言葉が、急に気になりはじめた。もちろん《狐》本人を指していることはたしかだが、自虐的というにはあまりに痛々しい言葉の連なりではないか。その空気を察したのか、

「数年前のことよ、骨董の世界に《冬狐堂《とうこどう》》の屋号をもつ、凄腕《すごうで》の旗師がいたそうよ。名前はそう、宇佐見陶子《とうこ》」

那智がぽつりといった。とたんに《狐》の形のよい三日月形の眉《まゆ》が、一瞬歪《ゆが》んで、すぐに戻った。唇に切ない笑いを浮かべ、そして《狐》口を開いた。

「その旗師はひょんなことから《税所コレクション》に関わってしまった。おかげで彼女はもてるものすべてを失って……。贋作者《がんさくしゃ》の汚名を着せられたうえに、友情も……プライドまでも失ってしまった。最後の仕上げが古物商としての鑑札の没収。彼女はいまや旗師ですらない」

「ところがそれで簡単に沈んでしまうほど、彼女の人生哲学は甘くはなかった」

「いやな性分。ずっと昔からそうなんです。自分が受けた傷の痛みは、この手できっちりと裏を返さないと寝付きが悪くて」

裏を返す。つまりは報復ということだろうかと内藤は思った。

「やはりこれからも一人で」

「そのほうが気楽でいいのですよ。先生にもそんなこと、ありません？」

――なんて会話だ。

たぶん《狐》の身の上に起きたであろう、人生における凄《すさ》まじい流転劇を、まるで先ほど観た映画の感想のように淡々と話す二人の女傑ぶりに、内藤は舌を巻いた。なによりもゆっくりと話すのはこれが初めてであるはずなのに、まるで十年来の友人のような話しぶりに、

――やはり二人は光と影だ。表裏一体だ。

そう思うしかなかった。

その時になって、店の主人が再び料理を運んできた。「お久しぶりでしたね」と《狐》に笑いかけると、はじめて《狐》が人間らしい笑みを満面に浮かべた。手にしたフォークを料理の皿に向け、そしてわずかに考えた後にフォークをもとの位置に戻した。

「どうしたのですか」

「やめておこう。まだ自分にご褒美を出すのは早すぎる」

そういって《狐》が立ち上がった。

「では蓮丈先生、ごゆっくりとお楽しみください。わたしはこれで失礼します」

「もしかしたら、またどこかでお会いできるかもしれませんね」

「今のトラブルが片付いてからなら、喜んで」

《狐》が帰ったのち、しばらくアルコールと料理を楽しんでから二人は店をあとにした。少し歩こうという那智の背中を見ながら「あの」と声をかけた。

「なに？」

「先程の古代製鉄技術についての仮説ですけど。弓削はぼくを騙《だま》すためにあの仮説をでっちあげたのでしょうか。先生はどう思われます」

歩みを止めた。

「あんな仮説は、一朝一夕に思いつくものじゃない。地方史家としての弓削の一面が長い時間をかけてあの仮説を産んだんだ。だからこそきみは夢中になったし、わたしも本気になった」

「だったらどうして！」

「殺人事件の歯車のひとつに組み込んだりしたのか。それはつまり、自分が長い間かけて温めつづけた仮説を無駄にしてもなお、守らねばならないものがあったということだよ」

「では《狐》……いや宇佐見陶子さんはそんな連中と戦っているのですか」

「それは彼女の問題だ。我々が口を挟むべきではない。ただ……」

内藤には那智の言葉の続きを容易に読み取ることができた。

──我々はまた、どこかで遭遇する。《税所コレクション》という舞台の上で。

それはまた、内藤自身のたしかな予感でもあった。

邪《じゃ》宗仏《しゅうぶつ》

1

「聖徳太子《しょうとくたいし》はイエス・キリストだったんだ」

　あまりに唐突に、しかも「自分の父親の名は＊＊である」と告げるほどにそっけない口調のせいで、「はあ、そうだったんですか」と間抜けな返事をしてしまった。それからたっぷりと二分ほど考え込み、手にした丼《どんぶり》をあやうく取り落としそうになった。学生食堂の美しいとはいいがたいテーブルを挟んで話す内容ではないし、またそれを口にした人物の職業を考えるなら、ありうべからざる発言といってもよかった。

「もう一度いっていただけますか」

　箸《はし》を置き、内藤三國は、蓮丈那智の口元を凝視した。形のよい、けれど薄い唇は、この異端の民俗学者の性格および信条を端的に表わしているようだ。内藤の問いに応《こた》えようとはせず、那智はコーヒーの入ったマグカップをそこに当てた。中性めいた笑みの端には微《かす》かな憂いの陰りがあって、三面六臂《さんめんろっぴ》の異形の仏像を思い出させるようだ。

「聖徳太子がだれですって」

「イエス・キリスト」

「いったいまた、なんでそんな突拍子もない説が」

「必然性の重なりが示したベクトルの先にあるものは、いつだって真実の名を冠される資格を有している」

内藤は、目の前にいる女性民俗学者が、自分の知らない間に別人に入れ替わってしまったのかと、半ば本気で思った。少なくとも蓮丈那智という人の唇から、論理をもてあそぶような言葉が漏れ出たことはかつてない。ということは、那智自身、茶化さずにはいられないほど荒唐無稽《こうとうむけい》な要素を含んだ説であるということか。

「だいたい聖徳太子というと……」

日本書紀の一部を記憶のなかから取り出そうとした。

聖徳太子。推古朝の摂政《せっしょう》で、当時日本にもたらされた新興の宗教である仏教を、手厚く保護したことで知られる。冠位十二階に十七条憲法の制定。

「物部守屋《もののべのもりや》が蘇我《そが》に滅ぼされた戦に参戦していますよね。あれがたしか西暦の五八七年で、その時はまだ少年であったはずだから」

「聖徳太子は西暦五七四年の生まれ」

「でしょう。キリストとはゆうに五百年以上の年代の隔たりがあるじゃないですか」

ひどく居心地の悪い、尻《しり》の下を羽毛でくすぐられるような感触とともに、かつて蓮丈那智とともに手懸けた数々の調査、事件のことが思い起こされてきた。どうやら人が死を迎える瞬間には、人生が走馬灯のように脳裏を駆け巡るというのは本当らしい。どこかの歴史オタクや妄想好きが「イエス・キリストは日本で生まれた」などという説を、真面目に打《ぶ》ちあげることは少なくない。そうした本が、これまたよく売れることも否定はしない。が、それは少なくとも歴史学や民俗学の正道を歩まんとする者が、唱えるべき種類のものではない。民俗学者がそんな説を唱えること自体、自殺行為でしかないのが学界という世界の法則だ。「聖徳太子はイエス・キリストだった」などという説を公《おおやけ》にしたが最後、学界は以降の論文をすべて無視することだろう。

——蓮丈先生の自滅、すなわちぼくの破滅を指している！

居心地の悪さが次第に嫌悪感とも絶望感ともつかない感情に成長していった。《異端の民俗学者》の称号は、ほとんど那智のために用意されたものであるといっても過言ではないが、それは同時に周囲が抱く畏怖《いふ》の意味を含んでいる。自由闊達《かったつ》なフィールドワークと奔放な発想が導きだす独自の説は、物議を醸しながらも常に新しい課題を民俗学界に投げかけるからだ。先程の那智の一言は、それらをすべて灰燼《かいじん》に帰《き》すだけのマイナスのパワーをもっている。

内藤の思いなど関係がないといったふうで、那智がぽつりといった。

「少なくとも、あの事件はその事実を示していた」

「聖徳太子はイエス・キリストだったと、示していたはずなんだ」

「へっ!?」

その言葉がひと月前の事件の記憶を刺激した。

前の年の秋に蓮丈那智が学会誌に発表した『隠れ切支丹《きりしたん》に到る系譜の新考察』という百枚ほどの論文は、それはいつものことではあるが、研究者の間に少なからぬ波紋を呼んだ。隠れ切支丹を論じるとき、その大前提となるのが豊臣秀吉《とよとみひでよし》の時代から始まり、江戸幕府が総力をあげて実施したキリスト教の禁教である。それを「あくまでも序説でしかないが」と断ったうえで、那智は禁教という要素とは別に、外来宗教であるキリスト教が隠れ切支丹という、世界にも例のない宗教的変容を遂げるための要素が存在する可能性について言及したのである。九州地方に存在した隠れ切支丹に伝わる《オラショ（祈り言葉）》が独特な音律である点をとらえ、日本人の原始宗教観のなかに、すでに変容の萌芽《ほうが》を認めることができるとするものであった。

年が明け、進級と卒業のための試験を終えた大学が入学試験の準備一色になるのを待って、二人は東北のある寒村に出かけた。フィールドワークの中核である聞き取り調査を行なうためだ。その村にも隠れ切支丹の痕跡《こんせき》が残されていて、古老に明治の半ばまで行なわれていたという祭礼の様子を語ってもらうのが目的だった。聞き取り調査の常で、予定の期間を大幅に過ぎて大学に戻ると、研究室に二通の封書が郵送されていた。差出人はまったく別の人物であるにもかかわらず、その住所が共に「山口県＊＊郡波田村」であることが、まず注意を引いた。消印の日付も一週間とずれてはいない。

「なんですか」と、封書の中身を読む那智の背後から覗《のぞ》き込みながら、内藤は背中を冷たい予感が走るのを覚えた。横目にちらりと見た那智の唇に、うっすらと笑みが浮かんでいる。

「先生、我々はですね……昨日東北から戻ってきたばかりで」

「それがどうした」

「第一、教務部が費用を出してくれるはずがありません。それでなくとも本年度の予算を早々に使い果たして、あとはぼくがどれくらい苦労して教務部と掛け合ったか」

「じゃあ、今回はわたしが立て替えておく。年度が明けてから、日付をずらして費用を請求しよう」

「いつのまにそんな悪知恵が働くようになったんですか」

「臨機応変という日本語はきみの辞書からいつ削除されたの」と、那智が言葉のあとに二通の封書の中身を差しだした。どちらも十五枚ほどのレポート形式の文書で、写真が一点添えられている。それを読み終え、改めて写真を見ながら内藤は自分の表情が自然と厳しくなるのを感じた。

――これじゃあ先生が興味を引かれるのも無理はないか。

一通目のレポートは『我が村伝来秘仏の意義』とタイトルが付けられていて、差出人の名は御崎昭吾《みさきしょうご》。二通目のタイトルは『秘仏が示す景教《けいきょう》融合の可能性』。差出人は佐芝降三《さしばこうぞう》とある。いずれも波田村に伝わる奇妙極まりない秘仏と、それについての伝承に考証を試みたものである。二つのレポートに添えられた写真は同じ仏像を写したもので、胸飾の様子から、観音菩薩《ぼさつ》像であることがわかる。が、他のどの観音菩薩像にもない特徴が、この像にはあった。

鉈《なた》かなにかで切り落としたのか、両の腕が肩の部分からそっくり失われているのである。佐芝のレポートに頻繁に登場する《景教仏》という言葉もまた、異端の民俗学者の知的好奇心を刺激しないはずがなかった。まして二つのレポートはいずれも「蓮丈那智先生の来訪をお待ちしております」という言葉で締め括《くく》られている。

そして翌日。

東北での聞き取り調査の資料をまとめる間もなく、二人は山口県へと向かう飛行機に乗り込んだ。

「マリア観音というのはよく聞きますが」

内藤がハンドルを握り、空港で借りたレンタカーで、波田村を目指していた。鉄道およびバスの路線図を調べたうえで、波田村が相当に交通の便が悪い場所であることをあらかじめ確認していたからだ。機動性が重視される民俗学の調査では、レンタカーは大きな武器となることが多い。

「さすがに景教仏というのは初めてだね」

「それにしても同じ秘仏を同時に考証して、しかも二人が二人とも先生にレポートを送ってくるなんて」

「昨年の学会誌に掲載した論文に刺激されたのかもね」

「多分そういうことでしょう。意外に在野の歴史マニアは多いそうですから」

飛行場が位置する瀬戸内海側都市から、中国山地を真っすぐに縦断して日本海側に抜けた。そこからさらに車を一時間近く走らせた山間《やまあい》に波田村はある。

「突然訪れて大丈夫でしょうか。やはり相手の都合を聞いてからのほうがよかったのじゃありませんか」

「そうなると話が大袈裟《おおげさ》になるかもしれない。それに秘仏はお寺にあるのだから、レポートを書いた本人が立ち会う必要はないでしょう。彼らの意見は」と、那智が手にしたバッグを指差した。

「ここにすべてある。挨拶《あいさつ》代わりに両家に顔を出しておけば十分よ」

「まあ、そうですが」

「それにしても……異説ではあるが、面白い」

「どちらのレポートがですか」

それには応《こた》えず、那智が口のなかで小さな笑い声をくぐもらせた。

車一台がようやく通り抜けられるほどの狭い道をしばらく進み、村に入るとすぐに那智が「ちょっと止まって」と、硬い声で制止した。異変とまではいわないが、様子がおかしい。それが寒村にはふさわしくない車両のせいであることが内藤にもすぐにわかった。

「なんでしょうか」

「どうやら報道関係者の車のようだ」

「ええ、中継用車両ですね。屋根にあんなに大きなアンテナを備えているのは……もしかしたら例の仏像の取材ですかね」

「ちがう、な」

那智の視線の先に、数人の取材スタッフに交じって制服警察官の姿が見えた。

「とりあえず、先に御崎氏の家に寄ってみよう」

那智に促され、二万五千分の一の地図を使って御崎昭吾の住所を確認する。そこへ近づくにつれて報道関係者らしい人物の数がさらに増えるのを横目に見ながら、内藤は形容しがたい違和感を覚えた。蓮丈那智という学者に同行すると、なぜかおよそ民俗調査とは無縁の、血なまぐさい事件に巻き込まれることが多々ある。ありすぎる。そうした機会に決まって覚える、理性の警戒警報かもしれなかった。

──ああ、やっぱり。

探し当てた御崎家の門前には、テレビカメラと音声マイクを抱えた一団が家全体を取り囲まんばかりの勢いで押し寄せている。「どうしましょうか」と那智をふりかえると、しばらく小首を傾げて考えたのち「裏口に回れるかな」という声が返ってきた。二人は車を近くの路肩に寄せて停め、徒歩で周辺を大きく迂回《うかい》し家の裏口に辿《たど》り着いた。報道関係者の姿がないことを確かめて、

「すみません御崎さんのお宅でしょうか」

二度、三度と声をかけると、やがて家の奥から怒気をあらわにした中年男がのそりと出てきた。大柄ではないが、肉体労働に従事していることが一目でわかる身体《からだ》付きの男が、

「あんた方、いい加減にせんかの。こっちは被害者なんぞ。取材じゃかなんだか知らんが、ちっとは遠慮する気にはならんのか」

ゆっくりと、だからこそ怒りのほどがよくわかる太い声でいいながら男が手を伸ばした。気づけば分厚い掌《てのひら》が、内藤の衿《えり》を摑《つか》んでいた。「あっ、あの……」と完全に内

藤がパニック状態に陥ると、蓮丈那智が前に出てきて、万力《まんりき》よりも強力に衿を摑んだ男の拳《こぶし》に、繊細そのものの白い掌を重ねた。とたんに魔法でも解けたかのごとく、拳は内藤を解放した。

「東敬《とうけい》大学で民俗学を教えている、蓮丈那智です」

「わっ、わたしは研究員の内藤三國と申しまして」

二人がかりで、山口県にやってきた理由を説明しても、男の怒気はいっこうに収まらなかった。それどころか、御崎昭吾が書いた、村の秘仏に関するレポートのことを話し、そのコピーを見せるや、彼の怒りは一気に沸点に達したらしい。「こんなものを」と唸《うな》るような声を吐き出すと、コピーをいきなり破り裂いた。

「なにをするんだ！」

「こんなものがあるけえ……こんなものがあるけえ」

男の声は続かなかった。怒りとは別の感情が、声帯がもつ機能を停止させたらしい。彼の呼吸が静かなリズムを取り戻すのを待って、那智が「なにがあったのですか」と聞いた。大きく開いた眼が内藤と那智とを見比べ、

「御崎昭吾は、三日前に死んだがの。殺されたんじゃ」

といった。ほぼ同時に「どうしたの」と疲れの滲《にじ》んだ声が家の奥でして、顔色のよくない若い女性が姿を見せた。

2

波田村の東に位置する清宿山衛禅寺《せいしゅくさんえいぜんじ》で、幾重にも晒《さらし》に包《くる》まれた二尺四寸の秘仏が見つかったのは、前の年の初秋のことであったという。ちょうど本尊の真下に位置する床の根太《ねだ》が老朽化し落ちそうになったので、住職が床下に潜ったところ、大きめの木箱らしきものが埋まっているのを発見したそうだ。半分朽ちかけた木箱は二重になっていて、内側の箱から晒に包まれた仏像が現われた。再び埋め戻すわけにもいかないから、晒に巻いて人目につかない場所に安置するしかないと、一応、村の助役である佐芝降三に相談すると、彼は仏像にただならぬ興味を抱いたらしい。

「佐芝さんは、父にも相談をもちかけました。父は地方史に詳しく、そうした資料も数多《かずおお》く持っていましたから」

心労が重なっているのか、あるいはもともと病気がちなのか、御崎昭吾の娘の広江が仕草一つにも疲れを見せながら、語った。そのすぐ後ろで先程の中年男——三田村良夫というらしい——が、仏頂面のまま腕を組んでいる。

「それで、御崎昭吾氏は調査を始めた」

「ええ、佐芝さんもしょっちゅうおみえになりまして、そりゃあ深夜に及ぶまで二人して、なにかを話し合っておりましたよ。でも父は最初のうちは乗り気ではなかったようです。時折『佐芝は歴史がわかっていない』とこぼしていましたから」

その御崎昭吾が、態度を変えたのは秋も深まった頃だったという。「なんだか、とても気になる論文を読んだとかで」と広江がいうのを聞いて、内藤は遣《や》り切れない痛ましさを覚えた。それが那智の書いた論文であることはほぼ間違いない。だからといって、彼女が良心の痛みを感じるべきものではないだろう。果たして横目に見た蓮丈那智の表情は、微動だにしない。それでも内藤は、内心穏やかではなかった。

「お父上のレポートを拝見しましたが、非常にしっかりとしたものでした。とても素人が生半可な知識で完成させたとは思えない出来です」

蓮丈那智は、この世でもっとも世辞追従《ついしょう》から遠い場所に立つ人間である。それがわかるのか、広江が初めて笑顔らしいものを見せた。が、三田村良夫の反応はまったく別であった。「なんの意味があるか！」という罵声《ばせい》が、那智に向けられたものなのか、それとも広江に向けられたものなのかはよくわからない。

「でも、三田村の叔父《おじ》さん」

「わしはの。学問のない男じゃけ、難しいことはわからん。けどの、これだけはいえちょるよ。百姓は田圃《たんぼ》作ってなんぼじゃろ。鋤《すき》、鍬《くわ》ふってなんぼじゃろ。それを忘れて机に齧《かじ》りついてどうするか」

「父は行きたかった大学もあきらめて、家を嗣《つ》いだものだから」

「それのどこが悪いかの。家には守るべき田畑があるし、家族もある。それを放り投げて学問三昧《ざんまい》か。わしは呆《あき》れてものがいえん。そうして田畑のことはみんな、これの」

三田村が顎《あご》をしゃくって広江を指した。

「叔父さん、母さんのことはもう……」

「いいや、黙っちょくなど、気が済まん。これの母親はわしの実の姉よ。学者気取りのぐうたらの許《もと》に嫁いだものじゃから、ずっと苦労ばかり背負《しょ》っての。田圃の世話から六年前に死んだ姑《しゅうとめ》の世話から金の工面まで……なんからなにまで押しつけられて四年前にぽっくり逝《い》ってしもうた」

それを聞いて、御崎家の内情がおよそわかる気がした。学問や文化といったものは金もかからず、本人の努力次第でなんとでもなるとの考えは、意外に広く世間に流布している幻想だ。けれど現実には、調査一つを取り上げても莫大《ばくだい》な人件費と日時を必要とするし、参考資料を購入すれば、一般書籍の十倍以上の値段は当たり前の世界である。道楽と呼ぶにはあまりにハードで、その皺寄《しわよ》せは多くの場合家族に及ぶ。

「挙げ句に、昭吾は腕までもぎ取られて……」

言葉の続きを、啜《すす》り泣く声でもって広江が引き継いだ。

「ちょっと待ってください」那智の表情が変わった。

ややあって、急に静かな声になった三田村がいった。

「あれは、両の腕をもぎ取られて死んでおったんじゃ」

「両の腕を！」

鋼鉄《はがね》の意志をもっと密《ひそ》かに噂される女性民俗学者の眉《まゆ》が、これほどはっきりと顰《ひそ》められるのを内藤は初めて見た。

三田村良夫が、きつい方言混じりに語ったところによると、御崎昭吾が発見されたのは三日前の早朝のことだった。衛禅寺の本堂の側壁に背中をつけ、座り込むように死んでいるのを、住職が発見したのである。両の肩の部分から衣服の袖《そで》がなく、まるでノースリーブのように見える姿の意味を、住職ははじめは理解できなかった。長袖以外の服を着る季節ではありえないし、それになにがどうというわけでもないのに、姿形にバランスの悪さが感じられる。それが両腕の切断によるためだとわかった瞬間、長年の修行の成果である心のゆとりは霧散して、住職はその場に座り込んだという。

――遺体を仏像に見立てたんだ。これは見立て殺人だ……！

不謹慎とは思いながら、内藤は胸のざわめきを抑えきれなかった。

遺体の状態が特異なだけに、波田村はたちまちマスコミの格好のターゲットとなった。連日ワイドショーでも事件の経緯が報道されたはずだったが、東北の寒村で聞き取り調査にあたっていた那智と内藤は、それを知らなかったのである。

その時だった。背後から「お邪魔するよ」と濁声《だみごえ》が聞こえて、でっぷりと肥えた壮年の男と、対照的に細身にストライプのジャケットを着こなした若い男が無遠慮に入ってきた。

「ああ、佐芝さん」という広江の言葉で、このビア樽腹《だるばら》の男が佐芝降三であることを知った。内藤の膝《ひざ》を周囲にわからないように那智の指が撫《な》でた。媚態《びたい》ではない。なにも話すんじゃないというサインである。

「このたびは……とんだことになってしもうたねえ」

「佐芝さんにはいつもお世話になりっぱなしで」

「気にせんでもええ。それよりも仏さんはいつ帰ってこられるんかいの」

「まだ、司法解剖とかいうのがあるそうで」

「なに！　あげな気の毒な仏さんをまだ切り刻んでどうする気かの」

「さあ、それはわたしにも」

その時になって、若い男のほうがようやく内藤と那智の存在に気がついたように、

「こちらは？」

と、きれいな標準語で聞いてきた。珍しいことに那智が笑みを浮かべながら「東敬大学の蓮丈那智です」と名乗ると、二人の来訪者が共に驚きの声を上げた。

「あんたが蓮丈先生！　ははあ、女性の学者さんじゃとは聞いちょりましたが、これほどの別嬪《べっぴん》さんとは……いやあ、驚きました」

「どうも」と、那智がいつものポーカーフェイスに戻ったのは、この手の賛辞を生理的に受け付けないからであることを、内藤は知っている。が、初対面の人間はたいていの場合不安な気持ちに駆られるらしい。佐芝も一瞬言葉を失い「いや、あの」などとつぶやいて、とって付けたように名刺を差し出した。続いて若い男が、優美な手つきで、

「わたしは博多でイベント企画の会社を経営しております生方伸哉《うぶかたしんや》です」

と、派手な色使いの名刺を差し出した。

「佐芝さんのレポートを拝見しました」

「おお！　そうですか。それでこちらに。いやあ、先生がおみえになったというのに、とんでもない事件が起きてしもうて」

「御崎昭吾さんのことは、痛ましいかぎりです」

「まったく、どこの阿呆《あほ》がこんなことをしでかしたもんやら。で、蓮丈先生、わしが書いたあの説は、どうですかいの」

「ええ、検証の価値はあるとは思いますが」

「そうでしょう、そうでしょう。アレはわしの自信作ですけえ。世に出れば、大騒ぎ

になることとまちがいナシです。そうなればこの村も一躍注目を浴びるでしょう」

二人のやりとりを聞き流しながら、内藤は広江と三田村の表情を密かにうかがった。

——…………！

広江も三田村もまったく表情を無くしている。疲れの滲《にじ》む広江はともかく、直情型の三田村が、奥深くに感情をしまいこんでいる様子はただ事ではない気がした。

「ほんなら広江。葬儀の段取りはわしのほうでつけちゃるけ、とにかくゆっくりと休め」

そういって立ち上がる三田村がなにを考え、なにをしようとしているのか、内藤にはわからない。わからないからこそ、不安感はいたずらに膨らんでいった。


その夜。萩《はぎ》か仙崎《せんざき》まで戻ればホテルをとることは容易だったが、どうしてもという佐芝の申し出を受けて、二人は彼の家に泊まることにした。村の助役であると同時に、かなり大規模に農業を営んでいるという佐芝の家は、来客を宿泊させるのになんの支障もない間取りの旧家だった。

「なにもないが、海のものだけはうまい」と佐芝が自慢するように、夕食には食べきれないほどの魚介類が並んだ。山間《やまあい》の村とはいっても、車で一時間足らずの地域にはいくつもの漁港があるという。いずれも東京で口にすれば財布がいくつあっても足りない、新鮮な料理を前にして、内藤は我知らず喉《のど》を鳴らした。

生方と佐芝に交替で酒を勧められ、食事を始めて一時間も経たないうちに内藤はひどくいい気分になっていた。話は自然と佐芝の書いたレポートの内容に触れることになるのだが、よく判断することができず、ただ自分の頬の熱さを気にしながら「そうですね」を連発することになる。

「あまりに異形の御姿と、なんの縁起も残されていなかったことから、当初は忌みごとに関わりのある仏像であろうと住職は考えたようですよ」

との発言は生方だった。

科学万能の現代に、いまさら呪いだの不吉だのという言葉はあたらないまでも、それでも居住まいを正して拝顔するような仏像でないことはたしかだった。

「またどこかに隠すようなことを住職がいいよるものですけ、わしが止めたんです」

誇らしげに話す佐芝の言葉さえ、判然としなくなった。

――まあいいか。

アルコールの摂取に関して、ほとんど化物じみた許容量をもつ那智が隣にいる。会話は彼女に任せておけばいいと思いながらも、佐芝の、

「わしはねえ、あの観音菩薩《かんのんぼさつ》像の両腕を切り取ったのはフランシスコ・ザビエルではなかったかと、考えちょるのですよ。レポートには書きませなんだが」

その一言だけが、焼印のように脳裏に刻みつけられた。
――フランシスコ・ザビエル？
その言葉を反芻《はんすう》するうちに、いつのまにか内藤は深い眠りに堕《お》ちていった。

3

フランシスコ・ザビエルは、日本に初めてキリスト教を伝えたスペイン人宣教師であると、歴史は伝える。イエズス会に属する彼は一五四九年に来日。鹿児島から山口、京都へと布教活動を行なって、約二年後に日本を離れている。その彼が初めて教会を建てたのが山口市である。ただし、キリスト教の布教がしばしば西欧列国による植民地支配の道具に使われたことも、歴史は示している。ザビエルがイエズス会に書き送った多くの書簡のなかにも、それと匂わせる記述があるという。

コンピュータの携帯端末を使い、基本的な資料を画面に呼び出したところへ「いいかな」と蓮丈那智が入ってきた。

「ああ、先生。昨日はすみません、簡単に酔っ払ってしまって」

「それはいい。でも残念だったな、あれから楽しかったのに」

「というと？」

「きみが酔い潰《つぶ》れたあとで、佐芝氏がどうしても例の仏像を見せたいといいだしてね」

「あれから、ですか。またどうして」

「自分は寺に顔が利くからと言い張るものだから。仕方がないから彼の案内で衛禅寺に出かけたんだ」

「仏像を見たんですか」

「いや、住職が法事で不在でね」

「なんだ。だったらとんだ無駄足でしたね」

「ついでに、帰りの夜道で酔ったふりをした佐芝氏が後ろから抱きついてきた」

「へっ⁉ 抱きついてというと」

「わたしの肩を抱き竦《すく》めようとしたから……ね」

それ以上は聞くまでもなかった。ずっと以前のことになるが、四国で行なわれた学会に二泊の予定で参加したことがある。多くの学者が同じホテルに宿泊していたから、夜はさながらサロンのようになるのは当然だった。その場所で、やはり酔ったふりをしたこの世界の重鎮が、佐芝と同じ行為に及んだのである。結果、彼は持病の糖尿病の他に腰痛までかかえることになった。

朝食が部屋に運ばれ、二人で食べている最中に佐芝が「やあどうも、どうも」と現われた。湿布の強い匂いが、那智の話の続きを明確に語っている。それでもまるで悪《わる》怯《び》れた様子がないところを見ると、相当に打たれ強い性格の持ち主であるのかもしれなかった。

「蓮丈先生、お早うございます。昨夜はよく眠れましたかの」

「ええ、おかげさまで」

挨拶《あいさつ》もそこそこに、例の仏像——佐芝はしきりと《景教仏》という言葉を使いたがったが、那智は頑《かたく》なに《仏像》と表現する——に話題が移った。

「ところで、昨日は見ることができませんでしたが、実物はいつ拝見できるのでしょう」

那智の皮肉混じりの発言に、佐芝は後頭部を掻《か》きながら目を伏せた。「実は、まずいことに」と返した声が、消え入りそうだ。

「景教仏ですが、警察が参考資料として持っていってしもうたのですよ」

「警察が？　どうしてです」

「それが……御崎昭吾の遺体がどのようなことになっちょったかは、ご存じですか」

「ええ、秘仏と同じように両腕を切断されていたとか」

「その件について、警察は遺体発見の当初から、関係者に箝口令《かんこうれい》を敷いたのですよ。マスコミの連中が嗅《か》ぎつけたが最後、とんでもない騒ぎになりかねんと申しましての」

「それなら、マスコミは遺体が仏像に見立てられたことをまだ知らないのですか」

内藤が口を挟むと、佐芝は大きくうなずいた。

「だが現物が寺にあると、どこからか話が漏れるやもしれんというて」

「ははあ、それで警察署に保管することになったのですね」

「今朝、寺に電話したらそういうことになったと、わしも初めて知らされた次第で」

まったく面目ないと、佐芝はもう一度頭を掻いた。

「けれど、こんな小さな村のことだから、いくら箝口令を敷いたといっても」

「そりゃあ、心配ありません。仏像のことを知っておるのはごく一部の人間だけですけ」

「どうしてですか。発見されたのは昨年の初秋の頃と聞いていますが」

那智の言葉に佐芝が急に態度を改め、誇らしげな口調になった。

「詳しいことがわかるまで、だれにも仏像のことはしゃべるなと住職に言い含めたのですよ。わしのレポートにも書いておきましたが、これはうまくすればどえらい発見です。蓮丈先生のお墨付きさえあれば、あの仏像を村の観光の目玉にすることができるかもしれんじゃないですかの。それまではあまり人に知られんほうがええと、判断したのです」

那智の表情が硬くなるのがわかった。表情ばかりではない、周囲の空気までも硬化させ、なおかつ冷却させる能力を、蓮丈那智はもっている。この異端の民俗学者が、安易に利用できる人間かどうかを佐芝は知るよしもないし、

——だからこそ、こんなにも愚かな発言ができるのだな。

佐芝の意図は明らかだった。那智が彼のレポートを認めた段階で、秘仏の存在は即座にマスコミに流されることだろう。佐芝は発見者であると同時に、新説を打ち立てた功労者として一躍脚光を浴びることになる。その栄誉を他人に渡さないために、秘仏の存在そのものを隠そうとしているのである。

「あのう、昨夜はお酒でよく話の内容がわからなかったのですが、フランシスコ・ザビエルがどうのという」

と、内藤が話の方向を変えると、佐芝は見苦しいほど大袈裟《おおげさ》な身振りを伴いながら

「その通りです」と胸を張った。内藤は佐芝のレポートの概要を、改めて頭のなかに再現した。

キリスト教を日本に伝えたのはフランシスコ・ザビエルではなく、年代もはるかに遡《さかのぼ》ることができる。キリスト教は「景教」の名前で中国を経由して日本に伝播《でんぱ》された。それを成し遂げたのは、推古天皇の時代、摂政であった聖徳太子の陰の顧問といわれた秦《はた》一族である。秦一族は中国系渡来人という説や百済《くだら》系渡来人という説もある

が、実は紅毛碧眼《へきがん》の西洋人、もしくは中東人ではなかったか。

との考えが、佐芝レポートの骨子となっている。

「ええっと、内藤先生でしたな。あなたは京都の太秦《うずまさ》に広隆寺という寺があるのをご存じですかな」

明らかに那智に向かうときとはちがう、優越感とともに相手を支配する口調の佐芝に、「当たり前でしょう」と強く出ようかとも思ったが、横目に那智の静かな表情が見えると、「ええ、まあ」と答えるしかなかった。太秦・広隆寺は秦河勝《はたのかわかつ》が聖徳太子より賜わった仏像を祀《まつ》るために、西暦六〇三年に建立したとされる古刹《こさつ》で別名蜂岡寺《はちおかでら》ともいう。そこに安置される弥勒菩薩《みろくぼさつ》の半跏思惟《はんかしゆい》像は国宝の第一号としても有名だ。

「広隆寺の裏手に、《いさら井》という奇妙な名の井戸があることは」

「ええ知っています」

「問題はそこです！　どうして《いさら井》などという変な名前が付けられたのか。これはもしかしたら《いすらえる》の訛《なま》ったものではないかと、わたしは考えるわけです。また安倍晴明《あべのせいめい》を祀る晴明神社の紋は、これがまさしくダビデの紋。ほかにもありますぞ。広隆寺のすぐ近くにはやはり蚕《かいこ》の社《やしろ》という、秦氏ゆかりの神社があります。そこには、日本でただ一つではないかともいわれる奇妙な鳥居があるのです！　これはキリスト教の教理でもある三位《さんみ》一体の教えを」

「……三柱の鳥居ですね」との、那智の口調が氷のように冷たかった。

「そっ、そのとおり！」

勢いを削《そ》がれたのがよほど不服なのか、佐芝は不機嫌な表情で那智と内藤を見比べ、言葉を止めた。「ミクニ」という那智の言葉で、内藤は完全に目が覚めた。「内藤君」でもなければ「三國」でもない。独特のイントネーションで名前を呼ばれると、全身に粟立《あわだ》つものを感じずにはいられない。那智に代わって内藤は説明をはじめた。

「いさら井ですが……これはちゃんとした日本語です。漢字で書くと《細小井》、流れが細く小さな湧水量しかもたない井戸や、水源に使われる言葉です。それにダビデの紋ですが、これ自体、日本では古くから《籠目紋《かごめ》》の名前で知られているのですよ。もともとが三角形を組み合わせたいわば幾何学模様ですから、偶然に洋の東西で同時期に生まれたとしても不思議はありません。それに《景教》は、キリスト教とはいっても、異端のネストリウス派の教えです。イエス・キリストについて、神性と人性というふたつのペルソナ（位格）を認める彼らの教えは、三位一体を基本の教理とするキリスト教の正教とは一線を画しているはずですが」

言葉にしながら、内藤もまた那智同様に気持ちが急速に冷めてゆくのを感じた。

――あるいは佐芝が唱えようとしているのは日本・ユダヤ同祖説かもしれない。

那智が内藤を評して「記憶力についてはわたしもかなわない」としばしば口にする。

ただし「くだらないことに関しては」と言葉が続くのだが。その蓮丈那智推薦の能力を駆使して、くだらない歴史上のバグを思い出した。

昭和四年のことだ。在野の歴史研究家である——あくまでも自称だが——酒井勝軍《さかいかつとき》著作の『モーセの裏十誡・三千年間日本に秘蔵せられたる』は、当時大きな反響を呼んだ。彼は広島県に日本のピラミッドを発見した——と本人曰《いわ》く——ことでも有名だが、超古代の日本の文明に光をあてた、異端の研究者であった。彼の提唱した超古代日本文明説と、旧約聖書が語る《今から二千七百年前アッシリアによってサマリアを追われた失われし十部族》の伝承とが、実に都合よく融合されたのが日本・ユダヤ同祖説である。即《すなわ》ち失われし十部族こそが日本人のルーツであるとするものだ。こうした異説は面白半分に取り上げる分には、実に魅力的な一面を備えている。一つの説は枝葉を分けるように次の異説を生み出す。歴史の一部のみをとらえ、歪曲《わいきょく》し、無理遣《や》り接続すれば嘘のような《歴史の真実》を捏造《ねつぞう》することが可能となる。ただしそれは知的エンターテインメントと呼ぶことさえ愚かしい、歴史のお遊びでしかない。

お遊びの一つに、大陸系渡来人である秦氏が、失われし十部族の末裔《まつえい》であるという説もある。

「今は分離しちょるが、大酒《おおさけ》神社はかつて広隆寺内にあった伽藍《がらん》神で、元は《大辟《おおさけ》神社》と表記していたそうですの。この大辟もまたよく意味がわからない言葉だというじゃありませんか。死刑を意味するという説もあるが……」

「大酒神社ですか、別名ダビデ神社ともいうそうですね」と、那智が口を挟んだ。

「それじゃ！　わしがいいたかったのはそこなのですよ。キリスト教がかなり古い時代に中国まで伝わったことは確認されておりますよ。かの地では景教と呼ばれたそうで、たいそう流行したという記録もある。その中国にですよ、《大辟》によく似た言葉があるのです。《大闢》と表記します。この意味がわかりますかな」

「ダビデ、だ」

「その通り。つまりダビデ神社は別名でもなんでもないのです。ふたつの名称は＝《イコール》記号で結んでよいのですよ」

――その説はたしか……。

酒井勝軍よりも早い時期に、太秦・広隆寺が仏教寺院ではないとする説が明治の終わりに発表されたという記憶を、内藤は掘り出した。が、だれの説であったかがわからない。もどかしさに煩悶《はんもん》するより先に、那智が、

「佐伯好郎《さえきよしろう》氏の『太秦を論ず』の作中に、そのような説があることは知っていますが」

その言葉の響きはあくまでも静かで、感情を見事に抑制している。が、内藤は知っている。那智がこういう話し方をするときこそ、その唇は言葉の凶器を産みだす器官となることを。

「漢字が似ているから同じ意味であると考えるような、安直な発想方法は歴史学においては無意味です」

それは死刑宣告と同じ効果をもっていた。佐芝降三は口を開けたまま、言葉どころかすべての反応を失ったようだ。きっと彼の脳裏では《安直な発想》《無意味》といった単語が何度も何度も反響を繰り返しているに違いない。

「佐芝さん。わたしがあなたのレポートを非常に興味深いといったのは、そんな手垢《てあか》のついた論拠で秦一族＝景教徒説を……」

那智の言葉が途中で、「そうはおっしゃいますが」という佐芝でも内藤でもない男の声に遮られた。いつの間にやってきたのか生方伸哉が、部屋の引き戸の傍に立っていた。とたんに佐芝の生気が蘇《よみがえ》った。そんな気がした。

波田村から車で一時間ほどの所に、油谷町《ゆやちよう》という小さな港町がある。ここには西暦七五五年、唐で起こった安禄山《あんろくざん》の乱で死んだはずの楊貴妃《ようきひ》の墓があると伝えられる。約二百三十年前に、二尊院《にそんいん》住職恵学和尚《けいがくおしよう》が地元に伝わる伝承を聞き取り、書き留めた文書によると、油谷に命からがら辿《たど》り着いた楊貴妃はまもなく死亡。村人はそれをたいそう悲しんで墓をたてたという。それが二尊院内にある五輪の塔であるそうだ。

「現実に楊貴妃が渡来したかどうかは問題ではありません」

生方の声は自信にあふれていた。

「大切なのは、大陸とつながるたしかなルートがあったということですね」

「蓮丈先生、すばらしい。それに山口を最初に治めた大内氏もまた、自らが渡来人の一族であることを、正史の形で残しています。実のところをいうと、我々は秦氏こそが大内氏の始祖ではないかと考えているのですよ」

「なるほど……それで秦一族が景教徒であるという説に、あれほどこだわるのか」

那智のつぶやきのおかげで、内藤にもようやく話の道筋が見えてきた。秦一族が景教徒であることをまず京都・広隆寺や大酒神社などから証明してみせる。次に波田村に伝わる秘仏が景教仏であることを証明してみせたうえで、この地こそ秦一族が住み着いた地であり、大内氏のルーツの地であることを佐芝たちは証明しようとしているのである。さらにいえば、秦氏が《失われし十部族》の末裔であるなら、話はもっと面白くなる。楊貴妃の墓よりも人々の興味を引くことは間違いない。そこまで考えて、内藤は生方の役割をほぼ確信した。彼は秘仏をもとにした村起しのプランナーなのだろう。

生方が「現物は警察ですが」と断わりを口にしながら、数枚のキャビネサイズの写真を書類カバンから取り出した。秘仏をさまざまな角度から撮影したもので、腕の切断部などの部分図もある。

「幸いなことに、事件が起きる前に撮影を済ませておいたのですよ」

「なるほど。肩の部分は丁寧に磨きこまれていますね。これでは切断されたかどうかは判断がつかない」

「恐れ多い仏像の腕を切断しておいて、そのままにしておくはずがないじゃありませんか。その痕跡《こんせき》が生々しく見えないように、知恵を絞って処理を施したのですよ」

「そうかもしれないが……製作年代を示すことわり書きなどは？」

「どこにもありませんでした」

写真を一点ずつ検《あらた》めるように丁寧に眺めて、那智が「ところで」と佐芝を見た。

「佐芝さん、あなたのレポートには肝心のところが抜けていましたね。この腕のない仏像がどうして景教と関係しているのか。その理由をうかがいたいのですが」

すると、佐芝は時を得たりといった勢いで、「おわかりになりませんか」と挑戦的な視線を投げてきた。

――なるほどね。

そこにも内藤は佐芝の小狡《こずる》さを見た気がした。レポートに肝心の部分を書かずにおいて、那智に推理させるつもりなのである。

――そうすることで、あくまでも自分の創意であることを強調する腹積りか。

「ザビエルがこの腕を切断した、あるいはだれかに命じて切断させたというのが、佐芝さんの考えであるとすると」と、那智が独り言のようにいって、内藤に顔を向けた。細く絞った眼が「ミクニ、どう思う」と、問いかけている。

「そっ、それはつまり……」

内藤は両腕を持ち上げ、水平位置に固定した。「このような形をしていたとか」というと、佐芝と生方の両方が驚きの表情を浮かべた。両腕を水平に固定した仏像。それはまさしく十字架の形に他ならない。那智がにっこりと笑って、二度三度と手を打った。

「わたしもそう思う」

一瞬の沈黙ののち、

「まあ、わしのレポートを読めば、それくらいのことは想像がつくでしょうな。なあ、生方くん」佐芝の口調は不満そうだった。

「そうですね、推理のための道筋はあらかじめ提示してあったわけですから。どうです蓮丈先生、これこそ先生の論文にあった『キリスト教が世界にも例のない宗教的変容を遂げるための要素』なのではありませんか。そうです、ザビエルがキリスト教を伝道し、江戸幕府によって禁教化される以前に、すでに仏教とキリスト教は融合していたのですよ」

生方の熱弁が理解できないわけではなかったが、内藤はどうしてもその説に納得することができなかった。矛盾があるわけではないのだが、かといって大きくうなずくこともできない。生方は重ねて何度も「どうです」と那智と内藤に向かって繰り返すのだが、その言葉を聞けば聞くほど、ひどくバランスの悪い建築物を見るような気持ちになるのである。

そして、「写真が足りない」との那智の一言で、周囲の空気の感触がまた変わった。

「写真？　いや、これがすべてです」

「そんなことはないでしょう。秘仏にはもっと大切な要素があったはずです。胎内に五臓六腑《ごぞうろっぷ》が納められていたときいていますが」

「どうしてそれを！」と叫んだのは、佐芝だった。内藤はバッグから御崎昭吾が送ってきたレポートを取り出そうとして、やめた。コピーは三田村良夫によって破棄されたが、オリジナルがバッグのなかにある。それを出すのをやめたのは、那智が人差し指と中指を立て、左右に小さく振ったからである。動くな、のサインである。

「亡《な》くなった御崎昭吾さんですが、彼もまたわたしの研究室にレポートを送ってきたのですよ。そこに胎内に納められた五臓六腑のことが書かれていました」

「なんですと！　あの馬鹿モンが。いったいどんな」

「まあ隠れ切支丹《きりしたん》に関する一考察ですね。現物は研究室に置いてあるのでお見せできませんが、非常にこれも興味深い内容でした」

「それはどのような」

「詳しいことは、現物を見て様々なことを確認しないと軽々しくは……ところで五臓六腑の写真はないのですか」

「いやあ、それほど重要なものとは思わなかったものですから」と口にしたのは、生方だった。だが、再び快活な口調に戻って、

「以前、京都の清涼寺《せいりょうじ》で同じものを見たことがあります。あれは、珍しいとはいっても他に例のあるものではありますしね。それよりも重要なのは、秘仏に腕がないことであり、それが切り取られたものであるという、我々の仮説のほうでしょう。明らかに十字架を模した仏像を見てザビエルは激怒したはずです。自分が伝道しようとするキリスト教の教えが、すでにこのような形で、つまりは歪《ゆが》められてということですが、日本に伝わっていたのですから」

　熱っぽく語る生方を遮って、

「研究とは、無駄を省くことではありませんよ。むしろ無駄と思われるものを一つ一つ検証し、そこから新たな説を積み上げてゆくべきものです」

　那智の言葉に、再び二人が沈黙したところへ、佐芝の細君が「あの」と廊下から現われた。

「こちらにお泊まりの蓮丈先生に、お話が聞きたいと警察から電話がかかっちょりま

すが」

4

警察署という場所には、オフィスにも研究機関にもない独特の空気が漂っている。建物に一歩足を踏み入れるとその空気がたちまち身体《からだ》を侵蝕《しんしょく》するようで、たいていの人間は居心地の悪さを感じるものだ。たとえ犯罪者であろうがなかろうが、である。にもかかわらず、内藤は署内の空気にひどく馴染《なじ》んでいる自分を発見して、苦笑せずにはいられなかった。蓮丈那智の研究室に籍を置くようになってからというもの、――たびたび事件に巻き込まれてきたもんな。

もしかしたら学界のあの敵意と好奇心に満ちた空間よりも、自分は居心地のよさを感じているかもしれないと思うと、少しだけ情けなくなった。

「やあ、どうもご足労をおかけして申し訳ありません」

有田と名乗る私服の警察官が、馬鹿に丁寧な口調で二人を出迎えてくれた。ただし場所が取調室であったから、この口調がかえって不気味に聞こえる。香りのよい焙《ほう》じ茶がたっぷりとした湯呑《ゆの》みで供され、「さっそくですが」と有田が切り出した。

「波田村での事件については」

「ええ、およそのことは。しかしあくまでも伝聞ですから。それに秘仏のことは捜査関係者が箝口令《かんこうれい》を敷いているのですから、我々が仔細《しさい》を知ることはできません」

那智が答えると、有田が顎《あご》のあたりを撫《な》でるような仕草で、

「十分にご存じじゃありませんか」

といった。

「あらかじめ申し上げておきますが、わたしたちは民俗学の研究者であって、捜査の専門家ではありませんよ」

「そこが重要なんです。実は捜査員のなかに、ガイ者の両腕が切断されたことと、例の仏像との間にはなにか因果関係があるのでは、と言いだす者がおりましてね」

「つまり腕のない仏像との関係ですね」

「そうなんです。わたしらは犯人を追う専門家ではありますが、仏像の専門家ではない。さて、どうするかと思案していたところに、ちょうど東京からその道の達人がきているというじゃありませんか」

「達人ねえ。たしかに民俗学では宗教はとても重要な研究対象ですが」

「どうでしょう、捜査にご協力願えませんか」

「…………」

那智の沈黙が、単なるポーズにすぎないことは明らかだった。それが証拠に、唇に

はうっすらと笑みが浮かんでいる。「いいでしょう、参考にならないかもしれませんが」と、予想どおりの言葉をさらりといってのけて、

「まずは、仏像の現物を見せてくれませんか」

と言葉を続けた。

重要参考資料として、地下室に保存されている秘仏が運ばれてくる間に、内藤は有田に事件との関わりを説明した。

「すると、ガイ者は蓮丈先生に仏像に関するレポートを送っていたと」

「御崎昭吾氏だけではありません。村の助役である佐芝降三氏もまた、ほぼ同時にレポートを送っています」

そこへ晒《さらし》に包《くる》まれた仏像が、二人の職員の手によって運ばれてきた。職員を制し、白い手袋をはめてから、那智は自ら慎重な手つきで晒を外した。そして約一時間。那智の唇はその間一度たりと動くことなく、指と眼のみを外部に向けた器官として、仏像に集中していた。空気が徐々に質量をもちはじめる。その重圧感に有田が耐え切れなくなる瞬間を見計らったように、口を開いた。

「どうやら、江戸初期の作のようだ」

「すると、秦《はた》氏の景教仏云々《うんぬん》という話は」

「それは完全に否定することはできない。この地で生きてきた秦一族の末裔《まつえい》が、伝来

の教えにしたがって仏像を作るということは考えられる。ただし、ザビエルについては問題の外に置いていいようだ」

「まあ、あまりに荒唐無稽《こうとうむけい》がすぎますよね」

内藤と那智の会話に苛立《いらだ》ったのか、有田が「話が見えないのですが」と割り込んできた。そこで内藤は、佐芝が立てた仮説について説明した。謎の渡来人である秦一族のこと、中国に伝わったキリスト教（景教）のこと。それらをあまり熱心な様子を見せることなく聞く有田の態度に、ふと違和感が湧いてきた。

「要するに、これはキリスト教と仏教が綯《な》い交ぜになった仏像であると、佐芝さんは考えておるわけですな」

「まあ、それほど単純ではないのですが」

「で、御崎昭吾氏も同じ意見なのですかな」

那智がバッグからピンセットを取り出し、あっという間に仏像の背中に突き立てた。有田が「なにをするんですか！」と言葉を発した時には、ピンセットは箱の蓋《ふた》でもあけるように、背中の一部を取り外していた。仏像の胎内は空洞になっていて、そこに注意深く指を入れた那智が、さまざまな色の布でできたぬいぐるみのようなものを取り出した。「五臓六腑です」といっても、警察官には意味がよくわからなかったらしい。

「御崎氏はこれと隠れ切支丹との関係について、レポートを書いているのですよ」

「なんですか、それは」

「京都嵯峨野《さがの》の清涼寺というお寺に、《釈迦如来立像《しゃかにょらいりつぞう》》またの名を《生身《しょうじん》の如来》と呼ばれる仏像があります。その胎内にも、このように五臓六腑《ごぞうろっぷ》が納められているのですが……」

「五臓六腑はわかります。要するに内臓でしょう。でもなんで」

「仏像には一つのルールが存在します。如来像は悟りを開いたのちの釈迦をモデルに、菩薩《ぼさつ》像は出家以前のゴータマ・シッダールタ、のちの釈迦ですが、彼をモデルに作られます。いずれにせよ如来も菩薩も実在する釈迦を模して製作されているのです。こうしたことを考えあわせると、五臓六腑は仏像をより生身の存在として捉《とら》えるための技法であるかもしれませんね」

那智は、ひと固まりになった布製の五臓六腑を、結び目を解くように広げていった。有田を見ると、明らかに興味を失った表情になっている。「すると、殺人事件とどのような関連が見いだせるのでしょう」と問う、その口調までもが先程とはうって変わっている。

「わたしは殺人事件が専門ではありませんと、申し上げたはずですが」

「しかし！」

「御崎氏はこの五臓六腑を元に実にユニークな仮説を立てました。ところで」

といって、内藤に眼で合図を寄越した。バッグから御崎昭吾が書いたレポートのオリジナルを取り出し、有田に手渡した。

「出羽湯殿山《ゆどのさん》に伝わるミイラをご存じですか」

「ミイラ……ですか。たしかどこかで聞いたような」

有田がレポートに眼を走らせながら、曖昧《あいまい》に答えた。

「御崎氏は湯殿山に伝わるミイラ、即身仏というのですが、を実例にあげています。なかでも二体の即身仏、真如海上人《しょうにん》と鉄門海上人の二人は、武士を殺害したうえで山に逃げ込んだ罪人であるという伝説が残されています。ところが当時の庄内《しょうない》藩の記録を見ても、それらしい事件は見当たりません。逆に、質《たち》のよくない武士が農民を殺害したうえに無罪になったという記録があるのです。これはどういうことでしょうか」

「御崎氏はこう述べていますね。即身仏という視覚的にインパクトのある物体に伝説という形で、しかもなおかつ主客を逆転させるという手法でもって、事件を記録しようとしたものではないか、と」

御崎昭吾の文章は決して読みやすいものではない。にもかかわらず、わずかの間にレポートの骨子を理解してみせた有田に、内藤は内心驚いた。

「ちょうど赤穂《あこう》浪士の討ち入り事件を芝居に仕立てる時に、作者が登場人物の名前から時代設定まで変えたように、人々は即身仏を巧妙に記憶媒体に変えてしまったのです」

「なるほど、この仏像もそうであると」

「ええ。少し飛躍しすぎの部分もありますが、御崎氏はこう推論を立てています。レポートの先を読んでみてくれますか」

有田がうなずき、視線を手元に落とした。

仏像が作られたのは江戸時代の初期と見られる。もともと山口はザビエルが伝道を積極的に行なった地であるから、相当数の切支丹がいたはずである。しかし江戸時代になるとキリスト教は禁教にされ、切支丹は迫害の時代を迎える。それは本人ばかりでなく、周囲の人間にも実害を及ぼすほど苛烈《かれつ》な処罰が下される時代でもあった。もしも身内に切支丹がいたとすると、周囲はどのような反応を示しただろうか。当然宗旨替えを迫っただろう。それでも聞かない信者の運命は、恐ろしい末路をたどることになったのではないか。即《すなわ》ち身内による切支丹殺しである。彼らが持っていた宗教用具はことごとく打ち棄てられただろうが、聖母子像のように簡単に廃棄できない大きさのものもあったに違いない。かといってそれが役人の目に触れれば、自分たちは身の破滅だ。もっとも安全に隠す場所はどこにあるだろうか。

このように御崎昭吾はレポートを書き進めている。きっとその先を読んだのだろう。

「まさか」といううめき声が、有田の口から漏れた。「見ていただけますか」と、那智が机のうえに広げた五臓六腑を指した。

「五臓六腑の五臓とは心臓、肺臓、肝臓、脾臓《ひぞう》、腎臓《じんぞう》を指し、六腑は大腸、小腸、胆嚢《たんのう》、胃、三焦《さんしょう》、膀胱《ぼうこう》を指しています」

説明しながら、那智は広げた布製の五臓六腑を一つ一つ指差していった。

最後の膀胱を指差したのち。

五臓六腑の説明から漏れた赤い布の塊があった。

「たぶんこれは膵臓《すいぞう》でしょう。ちなみにいうと、日本で最初の遺体解剖である《腑分《ふわ》け》が京都で山脇《やまわき》東洋によって行なわれたのは、西暦一七五四年のことです。それよりも百年近く前に、この仏像の作り主は、どうして五臓六腑という言葉では説明のできない膵臓を表現することができたのでしょうか。見ることができるはずのない腑分けの現場を、その模様を見たとしか考えられないでしょう。それが、殺された切支丹の残した宗教用具の隠し場所をも示しているのです」

つまりは、遺体の腹のなかであると、御崎は推論している。腹部を断ち、臓物を取り出した場所に隠して、ひそかに埋葬すれば人の目に触れることもない。『秘仏はそうした悲劇を後世に伝える記憶媒体であり、失われた命と損壊された肉体の菩提《ぼだい》を弔うものではないか』という言葉でレポートは締め括《くく》られている。

たっぷりと時間を置いてのち。レポートの束を内藤に返して、有田が、
「ずいぶんと変わったことを考えるものですな、学者さんという人種は」
皮肉混じりではない、かといって驚嘆しているふうでもない調子だった。
「ご満足されまして？」と、那智が意味不明の言葉を口にすると「ええ、十分に」と、
これまた意味のわからない答えが返ってきた。どうやらいつのまにか蚊帳《かや》の外に出さ
れていたのは自分のほうらしいと、内藤が二人を交互に見比べると、
「この人はね、最初から秘仏と遺体との間に因果関係があるなどとは思っていない」
「じゃあ、どうして」
「関係がないことを我々に証明させようとしただけ」
那智の言葉に「まいったな」と有田が頭を掻《か》いた。
「警察官という人種は、もっと合理的な考え方をするものよ。もしも遺体の腕が切断
されているなら、その答えをわけのわからない仏像に求めたりは決してしない。ねえ
ミクニ、遺体を切断するという推理小説のトリックはいくつもあるけれど、現実問題
として遺体を切断するもっとも大きな理由はなんだか知っている？」
「さあ？」
「それはね、運搬に便利だから」
那智が有田へ向き直った。「一つ聞いてもいいですか」と問うと、即座に答えが返

ってきた。

「捜査の支障にならない範囲であれば」

「御崎氏の死因と死亡推定時刻は？」

「死因は頭部打撲による脳挫傷《のうざしょう》です。死亡推定時刻は遺体発見前日の午後十時から十二時の間と推定されます」

「現場と遺体が発見された場所は同一地点ですか」

「いいえ、両腕の切断作業をしたのも別の場所でしょう。それが特定されればいいのですが、まだ残念なことに」

それだけ質問すると、那智は黙り込んだ。形のよい眉《まゆ》の根を吊《つ》り上《あ》げたまま眼を瞑《つむ》り、難しい表情になっても、それがまた新たな美しさとなることを、有田の好奇心に満ちた視線が証明している。

眼を開いた那智がぽつりといった。

「両腕が切断されたのは多分……死後数時間経《た》ってからですね」

「驚いたな。どうしてわかりましたか」

「決まっているじゃないですか。腕を切断したのは、そこに犯人を指し示す重要な手がかりが残されているからです。たまたま例の秘仏があったために、それに見立てるような形を取ったまでです」

「まさしく我々もそう考えています。失われた腕が発見されれば、事件は解決すると」

内藤に「もう帰ろう、我々の役目は終わった」と声をかけ、那智は早々に身仕度を整えはじめた。玄関口まで送ってくれた有田に一礼をして、歩きながらつぶやいた。

「腕が見つからなくても犯人はわかるのに」

その声はあまりに小さかったから、有田に届くはずはなかった。

5

「村に悪い噂が広がっちょりましての」

よほど懲りない性格なのか、酒に酔ったふりをしながら佐芝が、那智にもたれかかろうとした。それを空気のように躱《かわ》して、「噂というと？」と那智がどれほど酒量が増えようとも、決して乱れることのない口調で問い返した。

「例の御崎昭吾の事件ですよ。アレをやらかしたんは」

といったん言葉を切り、今度は囁《ささや》く素振りで耳元に唇を寄せようとした佐芝の額を、那智の指が強引に元の位置に押し戻した。ちいっと口を鳴らす音がして、面白くなさそうに佐芝は自分の猪口《ちょこ》に日本酒を注いだ。

「佐芝さん、先生たちにそんな話はしないほうが」

と生方が制したが、佐芝は赤い顔をさらに紅潮させて、「馬鹿モンがあ」と声を荒らげた。

「ええですかの。あの御崎昭吾を腕のない仏像みたいにしてのけたんは、三田村良夫の奴じゃと、みんないうちょります。ありゃあ、御崎の道楽のおかげで自分の姉が責め殺されたと人に言い触らしよったし、そりゃあ御崎の奴を憎んじょった」

だから御崎を殺し、秘仏になぞらえて腕を切り落としたのだと、佐芝は何度も何度も同じ言葉を繰り返していた。

「どうも、あまり質《たち》のよいお酒ではありませんね」と内藤は生方の耳元でいった。苦笑しながら「結構、有名なんですよ」と生方がやはり耳元でささやいて、

「それよりも内藤先生。御崎昭吾氏が残したレポートですが」

と、これも警察署から戻ってきて何度目かの同じ質問を、繰り返した。

「ここに現物がないから詳しくはお話しできないのですよ」

と答えるのだが、どうしても内容が気になるらしい。ごく簡単に切支丹弾圧との関係を示すものだと説明しても、「それだけですか」と、問い返すのである。

警察署を出て佐芝の家に戻る車中で、那智から「御崎氏のレポートの内容については話さないように」と釘《くぎ》を刺されていた。理由の説明はない。末席とはいえ研究者の

立場に身を置く内藤としては、佐芝や生方の唱える泡沫《ほうまつ》のような仮説には、早めに引導を渡すことこそが自らの務めであると思う。が、那智の言葉の真意を汲《く》み取れない以上逆らうことはできない。

ひどく乱暴に玄関の引き戸を開ける音がした。続いて佐芝の細君の「困ります!」という悲鳴に似た声。床を踏みしめる足音が居間に近づいたかと思うと、「佐芝ァ!」という怒声が、声の主と共に入ってきた。佐芝降三に近づくや、以前にも増して怒気を漲《みなぎ》らせた三田村良夫が、佐芝の胸ぐらを摑《つか》んで吊り上げた。二、三度上下に揺らして三田村は佐芝を畳に放り投げた。

「わりゃあ、根も葉もない噂をバラ蒔《ま》いてくれちょるそうじゃの」

「なっ、なにが根も葉もない噂かあ」

「わしが御崎昭吾を殺したじゃと、ええかげんなことばっかしふかしよると、簀巻《すまき》にしちゃるぞ。だいたい、怪しいのはおまえのほうじゃろが」

「なにをいうちょる!」

たちまち険悪な空気が膨れ上がるが、だれにもどうすることもできなかった。那智を見ると完全に静観を決め込んでいる。というよりは、むしろこの瞬間を待ちわびていたような表情さえ、見て取れた。

「わしらが知らんと思うちょるのかよ。貴様、そこの生方と組んでここにレジャーランドを造るいうて、方々に働きかけとろうがの。じゃが御崎はそれに反対しちょった。なんとか奴を自分の懐に取り込もうとアレコレ策を弄《ろう》したようじゃが、どうしてもなびかんので、思い余って、あげなことをしでかしたんじゃろうが」

「馬鹿を抜かすな。貴様こそ姉きを御崎に殺されたちゅうて、相手構わず吹いちょったろう。世間のモンはみんな、おまえが御崎殺しの犯人じゃて、話しちょるわい。第一にの、わしゃあ御崎が殺された晩には村におらんかった。山口の県庁に陳情に出かけての、その夜は湯田《ゆだ》泊まりじゃったわい。旅館の従業員にでも、県庁の役人にでも聞いてみりゃ、すぐにわかるわい」

「やかましい！」

三田村が腕を振り上げ拳《こぶし》に反動を溜《た》め込むのを見て、とっさに内藤は「やめましょう、落ち着いて」と両者の間に割って入った。両手で二人の胸板を押さえようとした内藤は、自分の顎《あご》に強烈な衝撃を覚えた。それが三田村の放った拳によるものであると認識するのと、視界が暗転するのがほぼ同時だった。

――もっと光を！

そういって息を引き取った偉人のことがなぜか思い出された。ゲーテでもヘーゲルでもかまわないが、我が身に降りかかった理不尽が哲学的に証明されるものならやってみろと、意識の奥深くで毒づいたところで、内藤は目覚めた。

「あの、ここは」

少なくとも天使ではありえない蓮丈那智が「佐芝家だよ」と、実にそっけない口調で、水の入ったグラスを差しだした。それを飲み干すと、ようやく周囲の状況を摑むことができた。居間には佐芝降三と生方、それに三田村良夫がいる。それだけではなかった。警察官の有田、そして御崎広江の姿まである。テーブルの上には白い布をかけられた七十センチほどのものが置かれている。

――あれは……たぶん例の秘仏。先生が有田に持ってくるように指示を出したのだな。

となると、御崎広江を呼んだのも那智ということになる。それは即《すなわ》ち、蓮丈那智が事件をこの場で解明してみせるということなのだろう。

「ちょうどいい具合にうちの助手も目を覚ましたことですから、そろそろ始めましょうか」

那智の発言に、「あの、ちょっと」と有田が当惑の声を上げた。

「有田さんのおっしゃりたいことはわかります。事件の解明にどうして秘仏が必要なのか、ですね」

「ええ」

「もちろん、無駄なことをする気はありません。けれど事件を解決するためにはどうしても、このありがたい仏像の力が必要なのですよ」

那智が表情も変えずに、白い布の上から仏像を撫《な》でた。馬鹿にされたとでも思ったのか、有田の表情が、硬く強《こわ》ばった。

「御崎昭吾氏が、両腕を切断された遺体で発見されたことは、みなさんご存じですね」

「そんなことは、今じゃ日本全国知れ渡っちょる」といったのは、佐芝だった。

「そう。連日ワイドショーで事件に関する報道が行なわれていますから、彼の身に起きた惨劇は、たしかに周知の事実であるといってもかまわない。でも」

那智の手が再び仏像を撫でた。

「知られていない事実もあるのですよ。つまりなにゆえ御崎昭吾の腕は切断されねばならなかったのか」

「そりゃあ、もちろん」という有田の言葉を那智が、厳しい顔で制した。

「おっしゃらないでください。せっかくの場が台無しになる。ところで広江さんに質問があります。あなたはお父さまが書かれたレポートをお読みになりましたか」

「はい。父はパソコンが使えませんから、下書きを清書したのはわたしです」

「次に三田村さん。あなたはどうですか」

「直接は知らん。じゃが広江からおよそのことは」

「なるほど、で写真は見ましたか」

その問いに二人が首を横に振るのを見届けて、那智が秘仏にかけられた白い布を、さっと取り去った。広江と三田村のふたつの視線が、仏像の上から下へと移動した。とたんに、三田村の感情が爆発した。三田村だけではなかった。広江までもが、感情の昂《たか》ぶりを悲鳴に変換した。

「なんじゃあ、こりゃあ！」

「ひどい！　どうしてこんなに酷《むご》い……」

仏像に摑みかかろうとする三田村を、那智が止めた。二人の反応のあまりの激しさに、有田も佐芝もただ茫然《ぼうぜん》とするばかりであった。それは内藤にしても変わりがなかった。

——どういうことだ。

「これが……今のおふたかたの反応が事件のすべてです」

「蓮丈先生、ご説明願えますね」と、有田がようやく声を出した。

「説明の必要などないじゃありませんか。三田村さんも広江さんも、この仏像を初めて見たのですよ。現物を初めて見たという意味ではありませんよ。おふたりとも、この波田村に伝わる秘仏がいったいどれほどの大きさで、そしてどんな形状をしているのかを知らなかったんです。だからこそ御崎氏の遺体が秘仏に見立てられていたことを知ってこれほどまでに驚かれた」

「そういうことか」と、有田と内藤が同時にいった。

「この秘仏が発見されたとき、佐芝さんはすぐに住職に口止めをしました。だから村の人間も秘仏の姿形を知らない。そして次に御崎氏の遺体が発見されたときには、今度は警察が箝口令《かんこうれい》を敷きましたから、やはり秘仏の姿形についての情報はどこにも流れなかった」

その時になってようやく内藤は、居間に集まった人間のなかにただ一人だけ、陰鬱《いんうつ》な視線を光らせている人物に気がついた。その唇が、

「三田村も広江もレポートの内容を知っているんだ。実物を見ていなくても秘仏の腕が切断されていることはわかっているはずだ」

「いいえ。知りませんでした。なぜなら御崎氏は『秘仏の形状については写真の通り』と書いてあるだけで、具体的にはなにも述べていないからです。彼はただ、秘仏の胎内に残された五臓六腑《ごぞうろっぷ》にのみ、言及しているんです。秘仏の腕の謎は自分には荷が重すぎると思ったのでしょうね。レポートには、秘仏の腕がないことなど一行も書かれていないのですよ。しかも彼は秘仏の写真を広江さんにも見せていない。これはどういうことですか」

「それはつまり」との、内藤の声に、有田が言葉を継いだ。

「遺体の腕を切断して、仏像に模すという発想は二人にはできないということだ。それができるのは住職を除いて二人しかいない」

「そうです。だが寺のご住職に御崎氏を殺害する動機はありませんし、また、先ほどご自分でアリバイを証明してみせたのは佐芝氏でした。これは単純極まりない消去法ですね」

最後に残された男の口から「馬鹿な」という言葉が漏れた。

「腕について一言も言及していないだと。いったいどこを見ているんだ、あの腕こそは秦一族と景教徒をつなぐ、なによりの証拠じゃないか」

生方伸哉の肩に有田が手を置くと、その上半身が大きく揺れた。「逃げても無駄ですよ」と蓮丈那智が声をかけると、諦《あきら》めたように腰を落とした。

「ところで、どうして御崎氏の腕を切断しなければならなかったのですか。秘仏に見立てたのは窮余《きゅうよ》の一策でしょう。たぶんどちらかの手に、犯人はあなたであることを指し示す重大な証拠が残されているためだと」

とたんに生方が笑いだした。「とんだ見当はずれだよ！」声には、嘲《あざけ》りの色が滲《にじ》んでいる。

「見当はずれ？」

「ああそうだ。あんたも御崎の馬鹿も見当はずれなんだよ。あいつ、景教仏説をつぶしてみせるなんていうものだから……呼びだして暗闇で襲いかかったら、なにをどう勘違いしやがったのか、犯人は佐芝降三だと思い込んだらしい。俺は奴を殴りつけてすぐに別の場所へ移動した。まあ一応はアリバイというやつを造っておこうと思ってね。その時に御崎の生死をちゃんと確認すればよかったんだ。てっきり即死したものとばかり思っていたら、奴は半死半生だったんだな。遺体を移動させるために現場に戻ったら」

生方は皆を見回してから、左の手の甲に右の掌《てのひら》を重ねた。小指と小指を絡ませ、中指と薬指を折り畳む。

「なるほど、薄れゆく意識のなかで、それでも必死に佐芝氏を表わすメッセージを残したんだ」

「先生、それは」と、有田。

「仏像が手で結ぶ印《いん》の一つで《降三世印《ごうざんぜ》》といいます。たぶん死後硬直が始まりかけていたために、解くことができなかったんでしょう。それで腕ごと切断した」

「なるほどね。それではお前は佐芝氏をかばうために」

「かばう？　どうして俺があんな奴をかばう必要がある。あいつはなあ、頭の天辺《てっぺん》から足の先まで、自分の懐に転がり込む金のことばかりを考えているような男だ。だが、あいつがいなけりゃ、レジャーランド計画は立ち上げることができない。たとえ犯人でないことがすぐにわかっても、あいつの名前に傷がつくことだけは、どうしても避けなきゃならなかったんだよ」

その時那智が静かにいった。

「例の秦一族と景教仏説。あれはあなたが考えたものなのでしょう。御崎氏もそれを知っていたからこそ、あなたに自分の論文の一部をもらしたのですね」

だが生方はそれには応《こた》えず「さあ、行きましょうか」と自ら立ち上がって有田を促した。

翌日。

帰りの飛行機のなかで、内藤はどうしてもわからないことがあると、那智に質問をぶつけてみた。

「なに？」

「例の秘仏の腕の一件です。どうして腕がない仏像なんか」

「それはわたしにもわからない。御崎氏もわからないからこそ言及を避けたのだろうね、ただ」

那智が眼を瞑《つむ》った。まるで仏像のような表情のまま、

「仏の手、つまり仏手は、救いの象徴であると同時に報われぬ人々を汚泥《おでい》から掬《すく》い上げる手でもある。わたしはあの秘仏の腕は最初から作られなかった気がするんだ。そ

れほどに、この秘仏にこめられた記憶は陰惨で『救いようのない物語』であるという、意味でね」

そう話すと、蓮丈那智は本当に眠り込んだようになにもいわなくなった。

翌日以降も、事件のことを那智はずっと考えていたに違いなかった。

「けれどどうしてイエス・キリストが聖徳太子なんですか」

「そうじゃない。聖徳太子がイエス・キリストなんだ」

「同じじゃないですか」

「まるで違うさ。いい、あれからずっと生方の立てた仮説のことを考えていたんだ。あるいは彼の仮説にも汲《く》み取るべき点があるのではないかと」

「まさか、あんないんちき説がですか」

「安易な否定は学者にあるべからざる態度。それに聖徳太子の時代の日本は、今よりも遥《はる》かに国際性の強い社会であったことはたしかだろう」

「それは否定しませんが」

「だったらキリスト教、もしくはユダヤ教の思想の一部が入っていたかもしれないじゃないか。それも否定できないはずだ」

「…………」

「その担《にな》い手がもしかしたら秦氏であったかもしれない。けれど彼らがキリスト教徒であったはずがない。なぜなら広隆寺も大酒神社も、寺院と神社の形式をきちんと維持しているもの。たとえ一部に外来の宗教の名残があるとしても、主たる部分は寺であり神社でなければならない」

二人は議論の場所を研究室に移した。コーヒーを淹《い》れると、カップを両手で包んで那智が話を続けた。

「わたしはこう考えた。秦氏は仏教という宗教を元に、この日本で確固たる勢力を作り上げようとした。同時に彼らにはキリスト教についての予備知識がある。あるいはふたつの宗教を天秤《てんびん》にかけたかもしれないね。そして結論を出した。ところで、仏教のもっとも大きな特徴はなに？」

「それは……つまり莫大《ばくだい》な許容性でしょうか。他の宗教までも取り込んでしまう、あっ」

「わかったかな」

「もしかしたら秦一族は仏教のなかにキリスト教を取り込もうとした？」

「その前代未聞の試みのためには重要な手続きが必要なはずだ」

「イエス・キリストが仏教に帰依《きえ》しなければならない！」

「けれどキリストはすでに五百年以上も前に死んでいるんだよ。だったらどうすればいい」

「以前から聖徳太子とイエス・キリストの共通点をあげる研究者はいましたよね。キリストも太子も厩《うまや》で生まれている点。だからこそ聖徳太子の幼名は厩戸《うまやど》皇子と呼ばれていたわけですし。それに両者がさまざまな奇跡を行なっていることも、類似点としてあげていい。これは民俗学上の同一記号ですよね」

「それらの伝説を作り上げたのが秦氏であったとすれば」

「彼らは聖徳太子をイエス・キリストの生まれ変わりにしたかったんだ！　史実として太子は仏教を信じている。それは……太子が仏教に帰依するという形を作ることで……」

「キリスト教を仏教に取り込むことができると考えた。これこそ仏教における法則どおりじゃないか」

しばらく考えたのち、「先生、それどこまで本気ですか」と内藤は聞いてみた。だが椅子を回転させてコンピュータのスイッチを入れた蓮丈那智から、答えは返ってこなかった。

主な参考文献

『死の民俗学』山折哲雄／岩波書店
『宗教民俗集成3　異端の放浪者たち』五来重／角川書店
『宗教民俗集成7　宗教民俗講義』五来重／角川書店
『山の精神史　柳田国男の発生』赤坂憲雄／小学館
『日本民俗学講座　民俗学の方法』和歌森太郎編／朝倉書店
『昔話の本質と解釈』マックス・リューティ／福音館書店
『日本民俗文化体系3　稲と鉄』小学館
『日本民俗文化体系6　漂泊と定着』小学館
『日本民俗文化体系7　演者と観客』小学館
『道の神』山田宗睦、井上青龍／淡交社
『宗像教授伝奇考1～6』星野之宣／潮出版社
『ザビエルの謎』古川薫／文藝春秋
『古代の鉄と神々』真弓常忠／学生社
『水蛭子の舟　古事記神話に秘められた原語思想の世界』北神徹／大和書房

『俗信のコスモロジー』吉成直樹／白水社
『神話の構造』横田健一／木耳社
『異人論　民族社会の心性』小松和彦／青土社
『日本神話のコスモロジー　常世の潮騒を聴く』北沢方邦／平凡社
『AERA Mook　民俗学がわかる。』朝日新聞社
『聖徳太子　斑鳩宮の争い』田村圓澄／中央公論社
『日本霊異記　上・中・下』筑摩書房
『図解　仏像のみかた』佐藤知範／西東社
『失われた原始キリスト教徒「秦氏」の謎』飛鳥昭雄、三神たける／学習研究社
『大和民族はユダヤ人だった』ヨセフ・アイデルバーグ／たま出版
「日本の歴史と文化　国立歴史民俗博物館展示案内」国立歴史民俗博物館

＊以上の書籍を中心に、数多くの資料を参考にさせていただきました。
なお物語の都合上、意図的に内容を変えた部分があります。
従ってすべての文責は著者が負うものとします。
＊山口県に波田村という地名は存在しません。すべて著者の創造の産物です。

解　説　真実を追い求める者

岩《いわ》井《い》　圭《けい》也《や》（作家）

私たちが〈真実〉と呼ぶものの正体は、いったい何なのだろう？　そのような疑問を抱かざるを得ない。

連作短編集『凶笑面　蓮丈那智フィールドファイルⅠ』を読むと、そのような疑問を抱かざるを得ない。

本作は、異端の民俗学者・蓮丈那智《れんじょうなち》を主人公に据えた「蓮丈那智フィールドファイル」シリーズの第一作であり、表題作をふくむ五編が収録されている。東敬《とうけい》大学助教授の那智は、己の興味をひく題材があると知ると、迅速に調査対象地へ足を運ぶ。高名な民俗学者である那智のもとには、数々の興味深い情報が寄せられる。類例のない奇妙な祭り、まがまがしい笑みを浮かべた面、異常な造りの離屋《はなれ》、などなど。那智は現地調査を通じて、その裏に隠された〈真実〉をあぶり出そうとする。

語り手は那智の助手、内藤三國《ないとうみくに》だ。内藤は教務課との予算折衝や試験の採点といった面倒な仕事をこなしつつ、那智のフィールドワークに随行する。そして那智と内藤が赴く先では、たびたび血なまぐさい出来事が起こるのだ。

本作では、「民俗学上の調査」と「殺人事件の捜査」とが絡み合って進行する。ここまで話せば、ミステリーに親しんだ読者のみなさんであれば、本シリーズの趣旨を先読みできるはずだ。つまり、「民俗学的考察と事件の真相との間には、何らかの相関関係があるのだろう」と。その推測はおおよそ当たっている。

おおよそ、といったのには理由がある。実は、その両者は必ずしも相似形を示すわけではない。ネタバレとなるため詳しく語ることは避けるが、ある一編は、読者の「このシリーズはこういう展開になるだろう」という先入観すら利用している。その仕組みに気付いた時、作者・北森鴻《きたもりこう》氏が仕掛けた罠《わな》の周到さに舌を巻くはずだ。

収録されている五編はいずれも、本格ミステリーに分類される作品である。すなわち、事件の手掛かりがフェアな形で示され、その手掛かりをもとに、読者は探偵役とともに〈真実〉を追いかける。

ただし、ここでいう〈真実〉には二つの意味がある。先に述べたように、民俗学的な意味での〈真実〉と、事件の〈真実〉だ。後者については、作中できわめてクリアな形で示される。それゆえに、読者は本格ミステリーとしての深い満足感を得ることができる。ただ、前者についてはどうだろうか。

たしかに、作中では数々の謎《なぞ》めいた伝承や祭祀《さいし》に、納得感のある解答が与えられる。

蓮丈那智が理路整然と語る考察は、きわめて〈真実〉らしく聞こえる。だがそもそも民俗学に――いや、あらゆる学問に――〈真実〉などというものは存在するのだろうか？

歴史上、定説とされてきたさまざまな学説が、新たな説によって幾度も覆されてきたことは周知の通りだ。地動説を唱えたコペルニクスや、自然発生説を否定したパスツールの例はあまりにも有名である。本書で那智が示した華麗な考察も、今後絶対に覆されない、と断言することはできない。民俗学に限らず、学問を通じて〈真実〉に肉薄することはできるだろうが、絶対的な〈真実〉を立証できるとは言えないのだ。

ここで冒頭の問いに戻る。私たちが〈真実〉と呼ぶものの正体は、いったい何なのだろう？

蓮丈那智は、作中でこう語っている。

「必然性の重なりが示したベクトルの先にあるものは、いつだって真実の名を冠される資格を有している」

端的だが、核心を突いた一言である。

つまり、〈真実〉とは不変の存在ではなく、あくまで暫定的な解に過ぎない、ということだ。そして〈真実〉へと近づくには、必然性を一つ一つ重ねていくしかないことも読み取れる。

この指摘は、あらゆる学問、そしてあらゆる探偵小説に通じることではないか。人はややもすると、突飛で目を引くアイディアに飛びつきたくなる。だがそういった派手な説が、必ずしも〈真実〉であるとは限らない。結局、学者も探偵も、ゴールを目指して着実に事実を積み重ねるしかないのだ。その一面において、両者はまったくの相似形である。

手間と時間をかけてコツコツと調査（あるいは捜査）を進めるような営みは、タイムパフォーマンス（時間対効果）が重視される現代においてはなじみにくいのかもしれない。より短時間で、より手軽に、必要十分の情報を得ることがよいとされる傾向は、令和に入ってますます加速している。

本書の第一話「鬼封会」が「小説新潮」に掲載されたのは一九九八年であり、すでに四半世紀が経過している。現代的な視点からすれば、那智や内藤が遠く離れた地域に足を運んで調査に没頭する様子は、きわめてタイムパフォーマンスが悪く見えるだろう。スマホが普及した令和の世において、少し検索すれば〈真実〉らしきものを手に入れることはそれほど難しくない。

だが私の目には、効率を追う時代だからこそ、那智の真摯《しんし》な研究姿勢がいっそう輝いて見える。どんなに遠くとも現地に赴き、自らの目や耳を使って検証し、少しでも〈真実〉へ近づこうとする姿は、四半世紀を経てもまったく古びていない。

蓮丈那智は誰よりも純粋に、〈真実〉を追い求める者だと言ってよい。その鋭い洞察力は、探偵小説史に名を残すヒーローたちと肩を並べ得るはずだ。

最後に、個人的な余談を記すことを許してほしい。

実は、私が小説を書きはじめるきっかけとなったのは北森氏の作品だった。雑誌「小学三年生」に連載されていた「ちあき電脳探てい社」という作品を、少年時代の私は夢中で読んだ。魅力的なキャラクターが躍動するジュブナイルミステリーで、今読んでも格段に面白い（本作はその後、二〇一一年にPHP文芸文庫から『ちあき電脳探偵社』として刊行された）。

毎月首を長くして次号を待っていたのだが、「ちあき電脳探てい社」の連載は一年で終了。続きを読めなくなったことに落胆した私は、「自分で同じような話を書けばいい」という結論に至り、小説らしきものを書きはじめた。もっとも、小学生の私はキャラクター設定を考えただけで満足し、ついに一編も書き上げることはできなかった。だが、幼心に抱いた憧《あこが》れは、その後も消えずにくすぶり続けた。

——いつか、小説を書きたい。

その思いは後年になって結実し、三十一歳の時に小説家デビューを果たした。影響を受けた作品は多数あるが、北森氏の「ちあき電脳探てい社」がなければ、小説家になっていなかったのはたしかだ。

デビューから六年目、私のもとに文庫解説の話が舞い込んできた。解説執筆の依頼は作家になって初めてだ。編集者氏に作品のタイトルを尋ねると、こう返ってきた。

「お願いしたいのは『凶笑面』という作品でして……」

背筋に寒気が走った。小説家になって初めて書く解説が、北森鴻の作品だって？　あまりにもできすぎていやしないか？　寒気の余韻を感じつつも、当然、私は二つ返事で依頼を受けた。

北森鴻がきっかけで小説を書くことを志した少年が、二十年以上の時を経て、今度は北森鴻の文庫解説を執筆する。偶然と言えばそれまでだ。だがもしかすると、この裏には何か強力な力が働いているのではないか——。

一瞬そう考えたが、蓮丈那智の鋼鉄《はがね》の視線が脳裏に浮かび、慌てて打ち消した。

本書は、二〇〇三年二月に刊行された新潮文庫を加筆修正したものです。

扉裏デザイン／青柳奈美

凶笑《きようしよう》面《めん》

蓮丈《れんじよう》那《な》智《ち》フィールドファイルI

北森《きたもり》鴻《こう》

令和6年 4月25日　初版発行
令和6年 8月5日　4版発行

発行者●山下直久

発行●株式会社KADOKAWA
〒102-8177　東京都千代田区富士見2-13-3
電話　0570-002-301(ナビダイヤル)

角川文庫 24130

印刷所●株式会社KADOKAWA
製本所●株式会社KADOKAWA

表紙画●和田三造

ISBN 978-4-04-114075-8　C0193

◆◇◇

角川文庫発刊に際して

角川源義

第二次世界大戦の敗北は、軍事力の敗北であった以上に、私たちの若い文化力の敗退であった。私たちの文化が戦争に対して如何に無力であり、単なるあだ花に過ぎなかったかを、私たちは身を以て体験し痛感した。西洋近代文化の摂取にとって、明治以後八十年の歳月は決して短かすぎたとは言えない。にもかかわらず、近代文化の伝統を確立し、自由な批判と柔軟な良識に富む文化層として自らを形成することに私たちは失敗して来た。そしてこれは、各層への文化の普及滲透を任務とする出版人の責任でもあった。

一九四五年以来、私たちは再び振出しに戻り、第一歩から踏み出すことを余儀なくされた。これは大きな不幸ではあるが、反面、これまでの混沌・未熟・歪曲の中にあった我が国の文化に秩序と確たる基礎を齎らすためには絶好の機会でもある。角川書店は、このような祖国の文化的危機にあたり、微力をも顧みず再建の礎石たるべき抱負と決意とをもって出発したが、ここに創立以来の念願を果すべく角川文庫を発刊する。これまで刊行されたあらゆる全集叢書文庫類の長所と短所とを検討し、古今東西の不朽の典籍を、良心的編集のもとに、廉価に、そして書架にふさわしい美本として、多くのひとびとに提供しようとする。しかし私たちは徒らに百科全書的な知識のジレッタントを作ることを目的とせず、あくまで祖国の文化に秩序と再建への道を示し、この文庫を角川書店の栄ある事業として、今後永久に継続発展せしめ、学芸と教養との殿堂として大成せんことを期したい。多くの読書子の愛情ある忠言と支持とによって、この希望と抱負とを完遂せしめられんことを願う。

一九四九年五月三日

角川文庫ベストセラー

角川文庫ベストセラー

フォア・フォーズの素数　竹本健治

『涙香迷宮』の主役牧場智久の名作「チェス殺人事件」やトリック芸者の『メニエル氏病』など珠玉の13篇。『匣の中の失楽』から『涙香迷宮』まで40年。ついに復刊される珠玉の短篇集！

生首に聞いてみろ　法月綸太郎

彫刻家・川島伊作が病死した。彼が倒れる直前に完成させた愛娘の江知佳をモデルにした石膏像の首が切り取られ、持ち去られてしまう。江知佳の身を案じた叔父の川島敦志は、法月綸太郎に調査を依頼するが。

ノックス・マシン　法月綸太郎

上海大学のユアンは、国家科学技術局から召喚の連絡を受けた。「ノックスの十戒」をテーマにした彼の論文で確認したいことがあるというのだ。科学技術局に出向くと、そこで予想外の提案を持ちかけられる。

パズル崩壊 WHODUNIT SURVIVAL 1992-95　法月綸太郎

女の上半身と男の下半身が合体した遺体が発見された。残りの体と密室トリックの謎に迫る（「重ねて二つ」）。現金強奪事件を起こした犯人が陥った盲点とは？（「懐中電灯」）全8編を収めた珠玉の短編集。

友達以上探偵未満　麻耶雄嵩

忍者と芭蕉の故郷、三重県伊賀市の高校に通う伊賀ももと上野あおは、地元の謎解きイヴェントで殺人事件に巻き込まれる。探偵志望の2人は、ももの直感力とあおの論理力を生かし事件を推理していくが!?